知中编委会 编著

WE LOVE BEAUTIFUL POETRY

太喜欢诗词了！

隋唐五代

中信出版集团 | 北京

图书在版编目（CIP）数据

太喜欢诗词了！.隋唐五代 / 知中编委会编著 . --
北京 : 中信出版社 , 2021.3
ISBN 978-7-5217-2853-8

Ⅰ . ①太… Ⅱ . ①知… Ⅲ . ①古典诗歌 – 作品集 – 中国 – 隋唐时代②古典诗歌 – 作品集 – 中国 – 五代十国时期
Ⅳ . ① I22

中国版本图书馆 CIP 数据核字 (2021) 第 034395 号

太喜欢诗词了！隋唐五代

编　　著：知中编委会
出版发行：中信出版集团股份有限公司
（北京市朝阳区惠新东街甲 4 号富盛大厦 2 座　邮编　100029）
承 印 者：天津海顺印业包装有限公司分公司

开　　本：787mm × 1092mm　1/16　　印　　张：8.75　　字　　数：280千字
版　　次：2021年3月第1版　　印　　次：2021年3月第1次印刷
书　　号：ISBN 978-7-5217-2853-8
定　　价：59.00 元

目录

太喜欢诗词了！隋唐五代

图书策划
知中 ZHICHINA
红披风

出版人
苏静

艺术指导
强尼

内容监制
叶扬斌 / 曲群（实习）

策划编辑
叶扬斌 / 陈瑜

责任编辑
郝兰

文字编辑
刘莲

营销编辑
王沛 / 金慧霖 / 陆琮
徐昇声 / 张旖旎

撰稿人
水若 / 白棠

插画师
Macho Xie / 刘昕昕

联系我们 zhichina@foxmail.com

出版发行
中信出版集团股份有限公司，
北京市朝阳区惠新东街甲 4 号，
富盛大厦 2 座，100029

微博账号
@ 知中 ZHICHINA

微信账号
ZHICHINA2017

隋唐五代的诗与词总览

隋唐五代

在唐代文学中，最有代表性的就是唐诗。在这一时期，近体诗逐渐形成并定型。与之相对的古体诗是指唐代以前那些对格律要求较少的诗歌。近体诗也叫今体诗，这种新诗体讲究格律声韵，在字句、音调上都有严格的创作规范。近体诗分为律诗和绝句两类。

唐诗题材广泛，风格多样，与唐人的生活密不可分，无论是批判时政、壮志抒怀、宫廷游宴、送别寄情还是归隐田园，各种主题都通过诗歌展现得淋漓尽致。这一时期更涌现了一大批优秀的诗人，形成了百花齐放的局面。

◆ 诗题 —— 登高

风急天高猿啸哀，渚清沙白鸟飞回。—— 首联 ●

▲ 颔联 —— 无边落木萧萧下，不尽长江滚滚来。

万里悲秋常作客，百年多病独登台。—— 颈联 ★

■ 尾联 —— 艰难苦恨繁霜鬓，潦倒新停浊酒杯。

律诗

很多唐诗原本是被谱成曲演唱的，正是因为注重韵律美，律诗逐渐形成。律诗有五言律诗和七言律诗，它们都有着严格的格律规范。每首律诗通常有八句，每两句称为一联，超过八句的律诗叫作排律或长律。

◆ 诗题

诗题就是诗歌的题目。在唐代，给诗歌起题目的方法有很多，常见的有以下几种：一、交代诗歌的内容和写诗的经过，比如王勃送杜姓友人去蜀州上任的送别诗《送杜少府之任蜀州》；二、把一些相似的诗歌作为“组诗”，起一个总题目，如李白的《古风》组诗；三、沿用古代乐府旧题，如高适的《燕歌行》；四、举行宴会时，如果抽韵签来写诗，就会在诗题中写明得到的韵字，如王维的《送赵都督赴代州得青字》；五、摘篇首的两字为题，比如杜牧的《清明》，如果这两个字不能概括全诗内容，其实就属于无题诗，比如李商隐的《锦瑟》。

● 首联

律诗中的开头两句为第一联，也叫首联。律诗讲究起承转合，首联便是“起”，大多以描写诗歌的时间、地点、人物或景色作为开篇。

▲ 颔联

律诗中的第三、四句为第二联，也叫颔联。颔联讲究“承”，即承接首联，并进一步扩展内容。律诗中颔联要求对仗，即第三、四句的句型、结构要一致，对应词语的词性也要相同或相近，但平仄却要相反。

★ 颈联

律诗的第五、六句为第三联，也叫颈联。颈联讲究“转”，也就是诗意到了高潮后的转折，通常要在内容上和颔联不同，比如颔联写景，颈联就要写人、事等内容。颈联也和颔联一样要求对仗。

■ 尾联

律诗的最后两句为第四联，也叫尾联。尾联讲究“合”，也就是总结，不必对仗。尾联通常体现全诗的主旨，起到画龙点睛的作用。

绝句

近体诗的一种，分为古绝句和近体绝句，两者的区别在于古绝句对格律的要求宽松，近体绝句则相反。每首绝句有四句，比较常见的是五言绝句和七言绝句。

	诗	词
581 年，隋朝建立		
隋朝	• 隋炀帝杨广的边塞诗风格清新刚健，开拓了诗歌的新气象。	• 西域音乐大量传入，产生了配合演唱的曲子词，成为后世文人词的始祖。
618 年，唐朝建立		
初唐	• 以杜审言等为代表的宫廷文人推动了近代诗的发展，促成了律诗体制的定型。王绩奠定了五言律诗的基础。 •“初唐四杰”与陈子昂等诗人批判六朝文风，初步扭转了文学风气，拓宽了诗歌的题材。	• 少量文人词作为歌辞出现，形式短小。
盛唐	• 李白的浪漫主义诗歌体现了盛唐气象，杜甫的现实主义诗歌被后世称为“诗史”。 • 以高适、岑参、王昌龄为代表的边塞诗派，诗风雄健豪迈；山水田园诗大量出现，代表诗人为王维和孟浩然。	• 相传为李白所作的《菩萨蛮》和《忆秦娥》被誉为“百代词曲之祖”。
中唐 **唐诗创作数量最多的时期**	• 前期韦应物等人的诗歌对安史之乱后的社会现实有所反映，但缺乏盛唐诗歌含蕴的强烈情感。韦应物的山水诗淡泊质朴，影响了白居易和柳宗元。 • 诗歌创作的现实主义倾向进一步加强，白居易、元稹继承并发展了杜甫的现实主义诗歌，发起新乐府运动。白居易的讽喻诗反映民生疾苦，影响了晚唐的诗歌创作。韩愈、孟郊、贾岛、李贺等诗人作诗以奇险为美，韩愈在创作诗歌时使用散文的表现手法，影响了宋诗的散文化。 • 柳宗元和刘禹锡自成一派，柳宗元的山水抒怀诗艺术成就很高，刘禹锡的诗吸收民歌特点，其怀古咏史诗也独具特色。	• 填词风气在文人中逐渐流行，但词还未成为独立的文体。 • 词的内容逐步突破宫廷游乐的范围，以爱情题材居多，风格自然质朴，形式上较少受格律限制。
晚唐	• 中晚唐的诗风逐渐浮艳，但杜牧的诗歌多咏古抒怀，以健爽见称。李商隐的爱情诗追求朦胧美，艺术成就极高。 • 温庭筠的诗歌多借古讽今，乐府诗艳丽婉转，带有词的特征。 • 皮日休、陆蒙龟等人继承了新乐府运动的传统，以诗歌表达对衰败时局的感伤，但创造性不足。 • 韦庄的诗反映了唐末社会的动荡现实，擅长叙事和抒情，带有王朝末期的伤感。	• 填词风气更加普遍，花间词鼻祖温庭筠是第一个以词闻名的文人。 • 韦庄词风格清丽，启发了南唐词。
907 年，五代时期开始		
五代十国	• 诗作呈现出纷繁复杂的特点，多反映社会现实，抒发个人情感。	• 词的发展迅速，出现了第一部文人词选集《花间集》。 • 李煜将词从饮宴时的歌词变成了士大夫之作。

杨广：我推动了诗歌的格律化

◇◇◇◇◇◇◇◇◇◇◇◇◇◇◇◇◇◇◇◇◇◇◇◇◇

杨广（569—618）

即隋炀帝，本名杨英。他是隋朝的第二位皇帝，在史书上以残暴和昏庸著称，但他同时也是一位富有文采的诗人。自东汉末年以来，政权分裂促使淮河南北形成了不同的诗风。隋统一全国后，南北文化开始融合。在这种创作环境下，杨广的诗歌突破了梁陈宫体诗的限制，题材也有所拓展，诗风兼具北方的刚健质朴与南方的清丽。他的边塞诗开拓了诗歌新气象，启发了盛唐的边塞诗创作；他的写景诗的气势和境界也超越了前代诗作。杨广作诗讲究对仗和声韵，他推动了诗歌的格律化，促进了近体诗的发展。《隋书》中评价杨广的诗“并存雅体，归于典制”，赞扬他的诗有正言之风，雅语之气。

◇◇◇◇◇◇◇◇◇◇◇◇◇◇◇◇◇◇◇◇◇◇◇◇◇

诗人故事

我的父亲是隋朝开国皇帝杨坚。隋朝建立时，兄长杨勇被立为皇太子，十二岁的我被封为晋王。后来我辗转各地作战，屡立战功，但兄长没有什么功绩，只因为年长就成为太子，我逐渐产生了取代他做太子的念头。我开始在母亲面前说兄长的坏话，在众人面前表现得温良恭俭，但暗地里呢？我让权臣杨素去拉拢朝臣，逐渐赢得了父母的宠信和大臣们的赞颂。终于，父亲废黜了兄长，改立我为太子。在奉诏巡抚东南之际，我写了《春江花月夜》等多首宫体诗来抒发自己的春风得意。三十五岁时，我登上了皇位，改年号为“大业”，颁布了一系列政令。为了控制关东地区，我迁都洛阳，并征召了数百万民夫，贯通了南北运河，解决了运粮的问题。对朝廷来说，选拔人才非常重要，可当时官员的晋身之阶被士族垄断，为打破这种局面，我开始实施分科考试选拔官员的制度，这种制度后来发展成科举制，一直沿用了上千年。我还热衷于文史修撰工作，修建了大藏书殿，把藏书分为甲乙丙丁四目，总数达三十七万余卷。你看，我确实做了不少贡献！

当上皇帝后，我开始大兴土木，收集奇花异草和珍禽奇兽。当西域各国前来洛阳通商时，我还曾下令把丝绸缠在树上，以彰显豪华。我喜欢外出巡游，曾经三游江南。在位的十四年间，我待在洛阳的时间很少，并创作了大量的写景诗来描述出游见到的风景。

我的另一个爱好则是开疆拓土，希望自己能一统天下，让各方归附，因此，我写了很多边塞军旅诗来抒发成为千古一帝的雄心壮志。为了达成这一伟业，我三次亲征高句丽。但是连年的劳役和征战激起了民变，导致天下大乱。我深感回天乏术，只能以诗抒发惆怅，最终还是被叛军逼得无路可走，更无法阻止隋朝的覆亡！

春江花月夜（其一）

暮江平不动，春花满正开。
流波将月去，潮水共星来。

知识卡片 现存最早的《春江花月夜》

《春江花月夜》是乐府《吴声歌曲》的曲名，相传是陈后主创制。我们现在能见到的最早的《春江花月夜》就是杨广所写的两首诗。写这首诗时，杨广已被立为太子，正是志得意满之际。他在诗中描绘了春夜潮生的景象，“流波将月去”中的“流波”指的就是流水。“潮水共星来”一句，有的版本又作“潮水带星来”。

虽然杨广在历史上的评价毁誉参半，但他却在诗歌发展过程中起到了承上启下的作用。清代诗人沈德潜在《古诗源》中评价他“能作雅正语，比陈后主胜之”，称赞杨广的诗典雅纯正，胜过陈后主的诗作。明代文学家张溥也在《汉魏六朝百三家集题辞》中写道：“陈隋文哀，帝王有作，与众同波。”意思是陈隋两代的帝王诗都不作王霸之语，反而和民间的诗人风格相近。

虞世南：我是初唐艺术成就最高的宫廷诗人

◇◇◇◇◇◇◇◇◇◇◇◇◇◇◇◇◇◇◇◇◇◇◇◇

虞世南（558—638）

唐初书法家、文学家，字伯施，越州余姚（今属浙江）人。官至秘书监，受封永兴县子，世称虞秘监或虞永兴。他历经南陈、隋、唐三朝，是唐初著名书法家，与欧阳询、褚遂良、薛稷并称“唐初四大书家”。虞世南被认为是贞观年间艺术成就最高的宫廷诗人，被唐太宗赞为“德行、忠直、博学、文词、书翰”五绝，他的诗作多为应制诗或和其他诗人酬唱的作品，风格典雅华丽，在一定程度上突破了前人的绮靡诗风。他的咏物诗格调高洁，开拓了托物言志的新局面；他的边塞诗启发了后人对这一题材的兴趣，成为初唐诗风变革的先声。此外，虞世南编著的《北堂书钞》，与《艺文类聚》《初学记》《白氏六帖》并称为唐代四大类书。类书就是按照一定方法编排，辑录某一门类资料的工具书。

◇◇◇◇◇◇◇◇◇◇◇◇◇◇◇◇◇◇◇◇◇◇◇◇

诗人故事

听说有句话叫“出名要趁早”，可我虞世南却直到晚年才迎来了人生的巅峰。

因为我的叔父没有儿子，我被过继给他抚养，所以取字伯施。我拜王羲之的七世孙智永禅师为师，学习书法，又和兄长一起在著名文学家顾野王的门下读书，十多年来认真苦学，有时一连十几天都顾不上洗脸梳头。后来，我和兄长有了一些名气，人们夸赞我们可以媲美西晋文学家陆机、陆云兄弟，称我们为“二虞”。我们还受到了当时的晋王杨广的征召。

杨广登基后，我们兄弟都担任了官职。兄长机敏，受到皇帝重用，地位日益显赫。但我在仕途上并没有建树，任小官十年都不曾升迁。然而经历朝代变迁，见过兵荒马乱，我觉得平淡的生活也没有什么不好。那些年，我也奉命写了一些应制诗，内容大多描绘帝王出游的盛大景况和宫廷宴会的奢华场面，表面上看起来都是在歌功颂德，实际上也暗含讽刺，隐晦地表达我对皇帝喜好奢华的劝诫。等到江都兵变发生，宇文化及谋反弑君，兄长虞世基因为是皇帝身边的重要官员，也面临性命之忧。血浓于水，我不禁号啕大哭，甚至请求代他赴死。但无奈人微言轻，兄长最终殒命，我悲痛万分。

后来唐朝建立，秦王李世民登基后，已经六十多岁的我获得了升迁。可我已经年老体衰，不能胜任官场的各种事务，多次上书辞官，但都不被允许，反倒接连升官，走向了仕途的巅峰。在唐朝，我也写了一些应制诗，但和在隋朝时写的相比，我将更多的注意力转向了自然景物，也更加反感南朝的绮靡诗风，还曾拒绝唱和皇帝写的宫体诗。八十岁时，我再次请求辞官归乡，虽然得到允许，但最终没能回归故里，只是在长安度过了最后的时日。我到晚年才迎来仕途上的春天，却因年迈无法做更多的贡献，尽管有些遗憾，但收获更多的还是历尽千帆后的平静。

蝉

垂緌饮清露，
流响出疏桐。
居高声自远，
非是藉秋风。

·緌（ruí）：古人冠带在下巴处打结后下垂的部分

知识卡片

唐代最早的咏蝉诗

这是一首著名的咏蝉诗。蝉的描写始见于我国最早的诗歌总集《诗经》，《豳风·七月》中"五月鸣蜩"的蜩就是蝉，当时只是被描写的物象。魏晋以后，蝉被赋予了感情色彩，陶渊明曾写"哀蝉无留响"，意思是蝉的哀鸣停止了，此时蝉鸣已被赋予了"哀"的情感。

蝉生活在树上，风餐露宿，古人认为它品性高洁，故以蝉自比，这首诗便是如此。这是虞世南入唐成为重臣后所写，也是唐代最早的咏蝉诗。

在古代，高冠和阔衣带都是士大夫阶层的装束，因此人们常用"冠缨"指代高官，在这首诗中也体现了这一点。"垂緌"指的就是古人冠带在颔下打结后下垂的部分，蝉的触角形似下垂的冠带缨饰，因此"垂緌"在指代蝉的同时也表示了诗人的官员身份。

这首咏蝉诗历来为后人所称道，沈德潜曾评价此诗说："咏蝉者每咏其声，此独尊其品格。"意思是大多数咏蝉诗只描绘蝉的鸣叫，而这首诗却尊崇它的品格，可见其特别之处。

李世民：我为唐诗的初兴做出了贡献

◇◇◇◇◇◇◇◇◇◇◇◇◇◇◇◇◇◇◇◇◇◇◇◇◇

李世民（599—649）

即唐太宗。他是中国古代的杰出帝王，在位期间，对内任贤纳谏，开创“贞观之治”；对外开疆拓土，推行开明的民族政策，被尊为“天可汗”。在文学方面，李世民喜好辞藻华丽的宫体诗，后人对其文学评价多有争议。闻一多曾评价李世民“所追求的只是文藻，是浮华”。但也有观点认为，李世民不仅有文采，诗歌也有实质内容，他对唐诗的发展和兴盛起到了推动作用。《全唐诗》共收录李世民 69 首诗，并给出了“有唐三百年风雅之盛，帝实有以启之焉”的评价，肯定了他为唐诗初兴做出的贡献。

◇◇◇◇◇◇◇◇◇◇◇◇◇◇◇◇◇◇◇◇◇◇◇◇◇

诗人故事

你们在国外很多地方都能看到“唐人街”，中国人也被称为“唐人”，这一切都是因为一千多年前我开创的大唐盛世。

我幼年时，有相士说我将来能济世安民，父亲就为我取名世民。我继承了家族的尚武传统，从小就学习骑马射箭；十七岁时，我参与营救被突厥骑兵围困的隋炀帝，开始了军旅生涯；十九岁时，我跟随父亲起兵反隋。唐朝建立后，兄长李建成被封为太子，我被封为秦王。接下来的几年，我立下了赫赫战功，也写了很多军旅诗来描写征战生活，抒发豪情壮志。随着实力的壮大，我与兄长李建成、弟弟李元吉之间的矛盾也日益加深。为了先发制人，我在长安的玄武门杀掉了李建成和李元吉，当上了太子，你们可能会在历史书中读到这场“玄武门之变”。可我并不满足，不久，父亲禅位。登基后，我下令改元“贞观”。

隋朝的灭亡让我意识到百姓的重要性，如果说朝廷是一艘大船，百姓就是托着大船航行的水，“水能载舟，亦能覆舟”，国家的安稳很大程度在于百姓的支持。我推行了一些政令，让百姓休养生息。民生逐渐安定后，我也有了欣赏美景的闲情逸致，写了很多华美的咏物诗。过去的宫廷咏物诗，几乎都在吟咏美女，甚至还出现了描写美人指甲的诗歌。我欣赏宫体诗的辞藻，但很反感那些庸俗的内容。我更愿意吟诵生活中常见的事物，比如园林中精美的亭台楼阁，比如自然中的风花雪月。

当时的长安随处可见各国商人，日本也派来了遣唐使，毫不夸张地说，大唐就是当时亚洲乃至全世界的经济和文化中心！取得了功绩后，我渐渐变得自负起来，不愿意再听逆耳的谏言，生活也越来越奢侈，喜欢写一些雕琢辞藻、炫耀功绩的宴饮酬赠诗，这让忠心的大臣们有些不满，虞世南就曾拒绝唱和我写的诗。

晚年，我反省自己，撰写了《帝范》，总结自己做皇帝的经验，希望能教导太子成为一个好君主，让大唐盛世得以延续。

咏雪

洁野凝晨曜，装墀带夕晖。
集条分树玉，拂浪影泉玑。
色洒妆台粉，花飘绮席衣。
入扇萦离匣，点素皎残机。

·曜（yào）：明亮
·墀（chí）：台阶
·玑（jī）：不圆的珠子

知识卡片 由宫廷转向自然的初唐咏物诗

《咏雪》是一首李世民所作的咏物诗。咏物诗是宫体诗的重要组成部分，南朝的宫体诗多为以宫廷生活为主题的艳情诗，以女性为描写对象，轻艳靡丽。到了唐代，李世民将宫体诗的内容由宫廷引向更广阔的天地，虽然仍追求辞藻的华美，但减少了浮艳色彩，在表现手法和思想内容方面都有所突破。《全唐诗》中称赞李世民的诗"沉丽高朗"，这首《咏雪》正是其中的代表。

这首诗全篇都在描写雪的洁白美丽和落在不同事物上展现的不同形象。李世民的诗追求声韵和谐，重视对仗，为唐诗尤其是近体诗的发展打下了基础，明代文学家胡震亨称赞其诗起到了"首辟吟源"的开创作用。

王绩：爱喝酒的我，奠定了五言律诗的基础

◇◇◇◇◇◇◇◇◇◇◇◇◇◇◇◇◇◇◇◇◇◇◇◇◇◇

王绩（约 589—644）

初唐诗人，字无功，号东皋子，绛州龙门（今山西河津）人。王绩一生不得志，三仕三隐，著有《王无功文集》。他酷爱喝酒，人称“斗酒学士”，撰有《酒经》《酒谱》及自传体散文《五斗先生传》。他还擅长弹琴，曾改编琴曲《山水操》。

王绩的诗歌多以饮酒和田园山水为题材，抒发抑郁不平的苦闷。他的诗风朴素自然，突破了初唐诗作歌功颂德、雕琢藻饰的风气，《四库全书总目》称赞其诗“能涤初唐排偶板滞之习”。王绩推动了五言律诗的发展，明代文学家杨慎在《升庵诗话》中称其诗为“王杨卢骆之滥觞，陈杜沈宋之先鞭”，可见他对这八位初唐著名诗人的影响。

◇◇◇◇◇◇◇◇◇◇◇◇◇◇◇◇◇◇◇◇◇◇◇◇◇◇

诗人故事

自古诗人多爱酒，可如果说一路仕途都为酒的，大概只有我王绩一人。其实，这只是一种无奈的选择。

十五岁时，我到长安游学，拜见了当时很有名望的大臣杨素，得到了他的赏识，还获得了“神仙童子”的美誉。后来我当了官，但隋朝末年朝政腐败，我在仕途上看不到希望，在朝廷做官又很不自由，就请求外调，担任地方小官，悠游自在。可因为我爱喝酒，屡遭弹劾。我干脆借口染病，辞官回家。无法帮助天下的人，我只能避世独自修身养性。

唐朝的建立给我带来了新的希望，我写了一些诗来表达自己的志向，并满怀期待地第二次走入官场。然而愿望再一次落空，我并不受重用，每天只能借酒消愁，还得了个“斗酒学士”的名号。皇子们的斗争越来越激烈，我感到前途未卜，就再次辞官了。第二次归隐后，我对仕途的热情逐渐消退，开始寄情山水，与琴酒相伴，写了很多诗来描述悠闲的隐居生活。

可怀才不遇总让人心有不甘，几年后我再一次选择进入官场，结果仍旧只当了个小官。我彻底灰心了，听说太乐署有位官员擅长酿酒，就请求去那里工作。他去世后，我再也没有好酒喝，就放弃了低微的官位，辞官回乡。第三次归隐后，我对仕途已经没有任何幻想，转而寻找现实之外的理想世界，开始沉迷道家修仙。后来，我意识到修仙不切实际，就效仿阮籍和陶渊明，寄情于酒，还撰写了《酒谱》。只要有人请我喝酒，不管对方是什么身份，我都会高兴赴约。我喝酒从不节制，经常喝得烂醉，醉了就随地而睡，醒了就继续喝，还写了很多关于酒的诗来抒发心中的苦闷，其中不少诗都写在了酒馆的墙壁上，我完全不在意别人的讥讽和嘲笑。

晚年我患了重病，感觉时日无多，就给自己写了墓志铭。回看这一生，三仕三隐徒劳无功，只有酒与诗能给我些许慰藉罢了。

野望

东皋薄暮望，徙倚欲何依。
树树皆秋色，山山唯落晖。
牧人驱犊返，猎马带禽归。
相顾无相识，长歌怀采薇。

知识卡片 初唐诗坛的杰出五言律诗

《野望》这首五言律诗是王绩的代表作。五言律诗的雏形是南朝讲究声律和对偶的新体诗，到初唐诗人沈佺期、宋之问时基本定型。而王绩早于两人六十多年写出这样成熟的律诗，是非常了不起的。

这首诗描绘了诗人隐居之处的清幽秋景，“东皋薄暮望，徙倚欲何依”二句中，“东皋”是诗人隐居的地方，“薄暮”指傍晚，“徙倚”是徘徊的意思。“长歌怀采薇”句中，“采薇”出自《史记·伯夷列传》，周武王灭商后，伯夷和叔齐逃到首阳山，采薇而食，最后饿死，后世用“采薇”代指隐居不仕。

全诗语言质朴，在初唐诗坛别具一格，清代诗人翁方纲在《石洲诗话》中评价王绩的诗“真率疏浅”，在初唐诗坛中，就像华丽的鸟群中突然出现的野鹿，非常难得。

骆宾王：我拓宽了宫体诗的题材

◇◇◇◇◇◇◇◇◇◇◇◇◇◇◇◇◇◇◇◇◇◇◇◇◇◇

骆宾王（约638—684）

初唐文学家，字观光，婺州义乌（今属浙江）人。曾任临海丞，因此有人称他为骆临海。曾跟随徐敬业起兵讨伐武则天，兵败后下落不明，一说被乱军所杀，一说出家为僧。骆宾王与王勃、杨炯、卢照邻并称“初唐四杰”，其中他的诗作最多。他擅长七言歌行，并拓宽了宫体诗的题材，闻一多认为“宫体诗在卢（照邻）、骆（宾王）手里是从宫廷走向市井”。骆宾王的诗歌多抒发悲愤之情，诗风坦率平易，促进了初唐诗风由绮丽转向刚健。他还擅长讲究对偶和声律的骈文，所作《代李敬业（即徐敬业）传檄天下文》（即《讨武曌檄》），连武则天读后都感叹错失人才。

◇◇◇◇◇◇◇◇◇◇◇◇◇◇◇◇◇◇◇◇◇◇◇◇◇◇

诗人故事

我叫骆宾王，你们是不是觉得这个名字有点儿熟悉？你读过《咏鹅》吗？这首我七岁时写的诗，或许是你们最早背诵的唐诗之一吧。

长辈根据《易》中的“观国之光，利用宾于王”为我起了“宾王”这个名字，希望我能辅佐君王，建功立业。我先是做了道王李元庆的门客，道王让我陈述才能，但我觉得这样炫耀才华非常可耻，就拒绝了他的要求，结果一直不受重用。我回到山东，过起了隐居生活，通过诗歌来自我排遣，把怀才不遇的悲凉藏在了看似悠闲的田园生活里。但生活越来越窘迫，我没办法，只好再次寻找做官的机会。

那时正逢唐高宗来泰山封禅，我献上了一篇歌功颂德的骈文，获得了一个低品官职，可官场太复杂了，我又因为得罪同僚丢了工作。我想，干脆从军吧！我在苦寒的边塞生活了十二年，那里天地广阔，苍凉悲壮，激发我写下了一首又一首边塞诗。我的笔下不仅有边塞的风霜和月亮，也有对家乡的思念，更重要的是我心中一直涌动着对建立功业的渴望。

回到长安后，我因为上书讽刺武则天乱政而获罪。在狱中，我的悲愤之情喷涌而出。我以蝉自比，写下《咏蝉》一诗，诗中的每一个字都那么沉重。获得自由后，我觉得官位低微无法施展抱负，干脆辞官游历扬州，寄情于山水之间。

没想到这时朝廷发生了惊天巨变，武则天独掌了朝政大权，这是我无论如何都无法接受的！我决心为恢复朝廷正统做些事。徐敬业在扬州起兵反对武则天，我义无反顾地加入其中，把对朝廷的失望、对武则天的仇恨和郁郁不得志的怨愤全部化为文字，写下了《代李敬业传檄天下文》。可这次起兵仅仅持续了不到三个月，就被彻底镇压了，徐敬业被杀，我也心如死灰。到了这个岁数，济世的愿望已成了泡影，还站在了朝廷的对立面，还有比这更可笑的事吗？我的人生，已经随着报国之志的终结而结束了。

咏蝉

西陆蝉声唱，南冠客思深。
那堪玄鬓影，来对白头吟。
露重飞难进，风多响易沉。
无人信高洁，谁为表予心？

知 识 卡 片

壮志难酬的悲歌

这首诗又名《在狱咏蝉》，是骆宾王被诬下狱时所作，它与虞世南、李商隐的咏蝉诗齐名，都是唐代咏蝉寄情诗的名作。“西陆蝉声唱，南冠客思深”二句中，“西陆”代指秋天，“南冠”代指囚徒，这里用了《左传》中楚国人钟仪戴着南方式样的帽子被囚于晋国的典故。“那堪玄鬓影，来对白头吟”二句中，“玄鬓”代指蝉，“白头吟”则有两重意思，既描写蝉对着自己的白发哀鸣，又是乐府曲名，诗人运用曲中“愿得一心人，白头不相离”的典故，表达自己对朝廷的一片忠心被辜负。

有学者认为，同样是以蝉自喻，与虞世南的《蝉》相比，这首诗更加悲痛深沉。清代诗人施补华认为，虞世南的《蝉》是“清华人语”，骆宾王的《咏蝉》是“患难人语”。“清华人”指的是品格高洁的人，“患难人”指的是处在艰险困苦境地的人，可见两首咏蝉诗表达的是截然不同的情感。

拓展阅读

咏鹅

鹅，鹅，鹅，曲项向天歌。
白毛浮绿水，红掌拨清波。

◉

这首《咏鹅》是骆宾王七岁时写的。开篇的三个“鹅”字，既可以理解为鹅的叫声，也可以认为是诗人看到鹅后高兴地叫了出来。诗中有很多对颜色的描写，鲜艳的色彩对比是不是让你眼前浮现出白鹅游水的画面了呢？

于易水送人

此地别燕丹，壮士发冲冠。
昔时人已没，今日水犹寒。

◉

诗人在易水送别友人时，想起了战国刺客荆轲的故事，于是写下了这首诗。荆轲前往秦国前，燕太子丹在易水为他送行。此行凶多吉少，所有送行的人都身穿白衣作为丧服。你有没有从这首诗中，感受到和荆轲的故事一样的悲壮色彩呢？

王勃：我转变了初唐诗歌的风格

王勃（649 或 650—676）

唐代文学家，“初唐四杰”之一，字子安，绛州龙门（今山西河津）人。王勃的诗歌多描写个人经历，以思念故乡和酬赠唱和为主，尤以羁旅送别诗闻名。他的诗风清新，影响深远，使初唐诗歌的风格逐渐从绮丽转为清新，歌咏对象从亭台楼阁扩展到江河山川和广阔的边塞，五言律诗也变得更加规范。明代文学家胡应麟称赞王勃的诗歌意境真切，具有风骨，开启了盛唐、中唐诗歌的妙境。王勃的骈文注重辞采、气势恢宏，《滕王阁序》就是其中的代表。他的作品集《王子安集》如今仅余残卷。

诗人故事

自古以来有很多神童，他们常被寄予厚望，我王勃也曾是其中的一员。我出身儒学世家，祖父是隋末大儒王通，叔祖王绩是有名的诗人，父亲也在朝廷担任官员，出仕报国自然也是我的志向。

十六岁时，我进士及第。少年得志，我写起诗来也意气风发，连给朋友的送别诗都是乐观昂扬的。后来我去沛王府任职，一路顺风顺水，渐渐有点儿得意忘形，经常卖弄才情。当时流行斗鸡，有一次沛王与英王斗鸡，我就写了一篇名为《檄英王鸡》的檄文，来讨伐英王的斗鸡，以此为沛王助兴。没想到这篇游戏之作被送到了皇帝面前，皇帝认为我是在挑拨沛王与英王的兄弟感情，革除了我的官职，把我赶出王府。我还不到二十岁，大好前程就在瞬间化为泡影。我很难过，决定到四川游历，这一去就是三年。那段日子，我心中满是对未来的迷茫和对家乡的思念。所以那时候我写的诗，早已没有当初的豪迈之情了，取而代之的是满满的凄凉。

回到长安后，我想远离朝廷的喧嚣，于是谋得了一个外任的武官职位，没想到不久又出了意外。我收留了一个犯罪的官奴，后来又怕走漏风声，杀掉了他。事情曝光后，我被抓进监狱，在绝望中等待被处死。不过，没过多久皇帝大赦天下，我捡回了一条命。可年迈的父亲却受到我的牵连，被贬到了遥远的交趾。这件事对我的打击太沉重了。回首从前，惊觉自己一事无成。我终于意识到，真正珍贵的是光阴，从此埋头创作，写了大量诗文描写凄凉的心境。

后来，我决定渡海去探望父亲，路过洪州（今江西南昌）的时候，恰逢都督在滕王阁宴饮宾客。我登上滕王阁，千般滋味涌上心头，一挥而就，写下骈文《滕王阁序》。众人纷纷夸我写得好，可我只想早日见到父亲，不知道他会不会欣赏我写的这篇文章呢？

送杜少府之任蜀州

城阙辅三秦，风烟望五津。
与君离别意，同是宦游人。
海内存知己，天涯若比邻。
无为在歧路，儿女共沾巾。

知识卡片 乐观昂扬的送别诗

这是一首著名的送别诗，标题中的“少府”在唐代指县尉，掌管一县的治安。诗中这位杜少府是王勃的朋友，他要去四川做官，王勃就写了这首诗相送。当时王勃还没有被逐出沛王府，正处在人生的辉煌时期，所以他此时创作的诗歌大都非常积极乐观。

“城阙辅三秦，风烟望五津”二句中，“城阙”指的是长安城，“三秦”指的是长安附近的关中之地，“五津”指的是岷江的五个渡口，诗人以自长安城遥望着蜀川渡口开篇，场景壮阔，表达出送别的情意。“海内存知己，天涯若比邻”二句中，“海内”是指四海之内，古人认为我国疆土四周环海，所以把国境之内称为海内。这两句诗非常有名，意思是真正的友谊不会因为距离而受到影响，还衍生出了成语“天涯比邻”，意指虽然相隔极远，但关系深厚，也近得像邻居一样。“无为在歧路，儿女共沾巾”二句中，“歧路”指的是岔路，因为古人通常在岔路口告别，“沾巾”是指沾湿手巾，形容泪水极多。末二句是诗人告诉友人不要因为分别而哭哭啼啼，体现了不同于其他送别诗的乐观昂扬态度。我们见到的大部分送别诗都会表现离愁的黯然悲凉，而这首诗却与众不同，近代学者俞陛云在《诗境浅说》中称赞此诗“不作寻常离别语”。

杜审言：我是杜甫的祖父，更是近体诗的奠基人之一

◇◇◇◇◇◇◇◇◇◇◇◇◇◇◇◇◇◇◇◇◇

杜审言（约 645—708）

初唐宫廷诗人，字必简，祖籍襄阳（今属湖北），迁居河南巩县（今巩义西南）。杜审言是大诗人杜甫的祖父，与李峤、崔融、苏味道齐名，合称“文章四友”。四人中，以他的诗歌成就最高。杜审言的诗歌大多是应制酬唱、写景纪行的作品。他是初唐近体诗的奠基人之一，所作五言律诗格律谨严，深刻影响了杜甫的律诗创作。南宋藏书家陈振孙评价其诗“句律极严”，胡应麟评价其诗“高华雄整”，明代文学家钟惺也称赞他“开诗家齐整平密一派门户”，这些都是说他为初唐近体诗做的重大贡献。杜审言的作品大多散佚，仅存诗四十余首。

◇◇◇◇◇◇◇◇◇◇◇◇◇◇◇◇◇◇◇◇◇

诗人故事

长安流行着“城南韦杜，去天尺五”的俚语，意思是说长安城南的韦、杜两大士族，地位和声望高得离天只有一尺半。然而我只是这京兆杜氏的分支——襄阳杜氏的后裔，并不能像那些杜氏子弟一样仕途平坦。我自从二十多岁当了个小官后，直到五十多岁才升职。我内心的惆怅只能写进诗里，聊以慰藉。我性格也有些高傲，在我看来，屈原和宋玉的文采都不如我，后世还因此出现了成语“衙官屈宋”。还有一次，朝廷进行官员考核，我负责写评语。写完后我跟别人说：“苏味道看到我的判词写得这么好，应该羞愧而死。”苏味道不仅是我的朋友，更是吏部侍郎。可能是我太肆无忌惮，得罪了人，后来获罪被贬到江西。

我仍然没有改变自己的性格，后来被诬陷下狱，定了死罪。消息传开后，我的儿子杜并刺杀了陷害我的上司，自己也被侍卫当场杀死。皇帝武则天听说后非常惊讶，她召见了我，发现我很有文采，就让我做了宫廷文人。我写了很多富丽堂皇的应制诗，这些诗谈不上什么思想内容，但我喜欢写华丽的辞藻，更讲究精妙的格律，这样，它们的艺术性就不低了。

年轻时，我因自傲付出了巨大的代价，所以侥幸脱难后，开始讨好武则天和她的宠臣张易之兄弟。但没想到朝廷发生巨变，武则天逊位，张氏兄弟被杀，我们这些被认为依附二张的文官也都被流放。经过湘江时，我把江水难以平抚的悲思，都写进了《渡湘江》这首诗里。在流放之地，我所念所写的都是故乡。

晚年我得了重病，对来探望的朋友们说：“我活着的时候，文名一直压着你们。现在我要死了，只是遗憾找不到接替我的人。”人们说我到死也不改狂傲本性，其实这只是我在饱尝生活的艰辛后，用自己的方式对生命做最后的告别。

和晋陵陆丞早春游望

独有宦游人，偏惊物候新。
云霞出海曙，梅柳渡江春。
淑气催黄鸟，晴光转绿蘋。
忽闻歌古调，归思欲沾襟。

知识卡片 初唐五律第一诗

这首诗是杜审言为唱和友人陆丞《早春游望》诗所作，也是他最有名的一首五言律诗。当时他已离别家乡多年。“独有宦游人，偏惊物候新”二句中，“宦游”指在外地做官，“物候”是景物、风物的意思。“淑气催黄鸟，晴光转绿蘋”二句中，“淑气”指的是春天温暖的气候，“晴光”是春光，“绿蘋”就是浮萍。这两句表面上是写江南春景的“新”，其实是借此来反衬自己对故乡旧景的思念。“忽闻歌古调，归思欲沾襟”二句中，“古调”指的是陆丞的诗。这首诗通篇都在表达思乡之情，思想内容与前人的诗作区别不大，但在艺术表现上却有了很大发展，声调格律十分工整。王夫之在《姜斋诗话》中写道：“近体，梁、陈已有，至杜审言而始叶于度。”意思是近体诗发展到杜审言这里才开始真正合乎格律。胡应麟也对这首诗推崇备至，称其为“初唐五言律第一”。

宋之问：我促成了律诗体制的定型

◇◇◇◇◇◇◇◇◇◇◇◇◇◇◇◇◇◇◇◇◇◇◇◇◇

宋之问（约 656—713）

初唐宫廷诗人，一名少连，字延清，汾州（治今山西汾阳）人，一说虢州弘农（今河南灵宝）人。与沈佺期并称“沈宋”。宋之问的诗歌大多是文辞华丽的应制酬唱之作，不过他在流放途中写的纪行述感诗悲凉真挚，感染力远超应制诗，对后来包括杜甫和柳宗元在内的诗人都产生了影响。他的律诗谨严精密，音韵和谐，《新唐书》认为，诗歌固定下来讲究声律美和句法整齐的节奏美的要求，就是宋之问和沈佺期的功劳。这说明宋之问对律诗体制的定型和完善起到了重要作用。尽管宋之问诗名很盛，但他在政治上趋炎附势，谄媚张易之兄弟，为人不齿。

◇◇◇◇◇◇◇◇◇◇◇◇◇◇◇◇◇◇◇◇◇◇◇◇◇

诗人故事

如果问起中国自古出了多少诗人，大家可能都会觉得很难回答。可说起名声糟糕的诗人，我宋之问一定榜上有名。

唐朝初年看重门第，像我这样出身普通的人很难出头，好不容易中了进士，却只当了个小官。后来因为诗写得好，我得到武则天的赏识，成为一个御用文人，还被赐予了锦袍。这让我意识到，才华没有皇帝的宠信有用，只有权贵的青睐才是荣华富贵的保障，我就更热衷写歌功颂德的宫体诗了。虽然这些诗都是写给那些权贵看的，但其实我写得也不错，不仅文辞华美，还尤其注意格律，使律诗得到了进一步的发展。那时我还竭尽全力，讨好武则天的宠臣张氏兄弟，甚至为他们提过尿壶。武则天退位后，张氏兄弟被杀，我也被贬岭南，荣华富贵都成了泡影。远离朝堂，我不用再四处逢迎，可以想写什么就写什么。我开始把自己真实的情感写进诗里，比如贬官路上的漂泊之苦，对未来失去期望的失落之苦，对故乡的思念之苦，都被我原原本本地记录下来。

贬官的日子实在不好过，我逃回洛阳，发现朋友正密谋诛杀宰相武三思，我告发了他，升了官，但朋友因此而死，我从此背上了卖友求荣的骂名。后来我投靠了太平公主，却又在安乐公主权势大增后跑去巴结她，因此得罪了太平公主，被贬到越州（治今浙江绍兴）。官场形势总是变化无常，四处巴结权贵却仍被贬谪，这让我开始反省自己。那段时间我写了一些吟诵秀丽山水和恬淡田园生活的诗，这些诗流传到了京城，被人们传诵。

可人总要为做过的事情付出代价，我年轻时攀附权贵，却在晚年换来了赐死的诏书。若人生能重新来过，或许我会做出不一样的选择吧。

渡汉江

岭外音书断，
经冬复历春。
近乡情更怯，
不敢问来人。

知识卡片 反笔写乡愁

五言绝句是指每首四句、每句五字的小诗，始于南朝，到唐朝时定型。古人认为“五绝只二十字，最为难工”，说明写好五言绝句的难度很大。

据说这首诗是宋之问从被贬谪的泷州逃回家乡途中，经过汉江时所作，后世有人称它是唐代诗人李频所作，应为误传。

“岭外音书断，经冬复历春”二句中，“岭外”指地处岭南地区的泷州，“书”是信的意思。“近乡情更怯，不敢问来人”二句中，“来人”指的是从家乡来的人。这两句诗运用了反笔的创作手法，人们通常离家乡越近，回家的心情就越迫切，而诗人却“情怯”。他因被流放，长时间没有与家人通信，不知道家中的境况，心中的担忧让他感到畏惧，连向“来人”打听消息的勇气也没有。这首诗是唐诗中描写思乡情切的代表作，成语“近乡情怯”也出自这里。

贺知章：书法、饮酒、作诗共同成就了我

◇◇◇◇◇◇◇◇◇◇◇◇◇◇◇◇◇◇◇◇◇◇◇◇◇◇◇

贺知章（659—约 744）

盛唐诗人、书法家，字季真，越州永兴（今浙江杭州萧山西）人。官至秘书监，人称“贺监”，后来回乡当了道士。贺知章是“吴中四士”之一，生性旷达豪放，好饮酒，有“清谈风流”的美誉。他的诗歌以应制诗为主，擅写绝句，写景和抒怀风格独特，以《回乡偶书》和《咏柳》最为有名。他还擅长书法，尤其是草书和隶书。晚年放荡不羁，自号“四明狂客”，常与李白、张旭等人饮酒赋诗，我们今天还能在《全唐诗》中读到他的诗作。

◇◇◇◇◇◇◇◇◇◇◇◇◇◇◇◇◇◇◇◇◇◇◇◇◇◇◇

诗人故事

在你们的印象中，诗人是不是都要经历很多坎坷？其实每个人的人生都是不一样的，我的一辈子就很平安顺遂。我叫贺知章，少年时就能写诗赋文，可由于时局动荡，科举考试已经中断多年。直到我三十多岁时，朝廷才重开科考，我顺利考中进士，按部就班做官，还有闲暇喝酒和与朋友往来，日子过得倒也自在。

随着年纪越来越大，我也越来越不愿受拘束，就给自己起了个号叫“四明狂客”。当时我喝酒的名声比写诗还大，我酒后就乘兴作诗写字，每次都要将纸张写完才尽兴。我常常和书法家张旭一起游玩，看见美景就停下来喝酒，喝到兴起就找空白的墙壁作诗题字。我还有一位在晚年才结识的朋友，他叫李白。我比他年长四十多岁，但对他写的诗十分赞赏，那是天上下凡的谪仙人才能写出来的诗。我与李白一见如故，激动到拉他去喝酒都忘了带钱，干脆解下腰间代表官员品级的金龟来换酒。虽然这金龟是皇帝所赐，可又有什么能和与志趣相投的朋友一起喝酒相比呢？因为这件事，后来还出现了成语“金龟换酒”。我实在欣赏李白的才华，就向皇帝推荐了他。我们成了忘年交，经常一起喝酒写诗。

八十五岁时，我生了一场大病，身体大不如前。我希望落叶归根，就请求告老还乡。我离开家乡几十年，归来时虽然乡音未改，但已经两鬓花白，物是人非。我感慨万千，写下了《回乡偶书》这首诗。我的身体越来越差了，到了这个年纪，我也没什么放不下的了。

回乡偶书二首（其一）

少小离家老大回，乡音难改鬓毛衰。
儿童相见不相识，笑问客从何处来。

知识卡片 落叶归根的情怀

这首著名的感怀诗是贺知章晚年辞官还乡时所作，当时他已经八十五岁，离开家乡五十多年了。诗题告诉我们这是一首偶然写下的诗，正如南宋诗人陆游所说：“文章本天成，妙手偶得之。”诗文贵在自然，偶然间的灵感之作通常要胜过特意雕琢而成的字句。

“乡音无改鬓毛衰”句中，“衰”是稀疏的意思，“鬓毛衰”就是指老年人鬓发稀疏变白。诗人生活在安定的盛唐时期，性格旷达，仕途顺利，诗歌中几乎没有出现过愤世嫉俗、悲凉哀叹的情感，就连归乡感怀诗的基调也是乐观豁达的。千百年来，无数游子在归乡时，都会引用这首诗来表达自己的心情。《唐诗品汇》中引用刘云的评语，评说此诗“说透人情之的”。这说明这首诗最大的成功之处，正是源于生活、发自心底的动人情感。

拓展阅读

咏柳

碧玉妆成一树高，万条垂下绿丝绦。
不知细叶谁裁出，二月春风似剪刀。

◉

这首七言绝句描写了柳树之美。“碧玉”不仅可以用来形容柳树葱翠的颜色，还常用来指代年轻美貌的女子。诗人将柳树比作美人，树干像她亭亭玉立的身体，柳条是她裙上的丝带。诗人还借咏柳来描写春风，别出心裁地将春风比作剪刀，形象描绘早春的景色。

回乡偶书二首（其二）

离别家乡岁月多，近来人事半消磨。
惟有门前镜湖水，春风不改旧时波。

◉

这是《回乡偶书二首》中的第二首，我们可以视其为第一首的续篇。诗人阔别故乡五十多年后，如今看到的人事种种，已发生了巨大的变化，只有门前的镜湖，依然像过去一样。

陈子昂：我是唐代诗歌革新的先驱

◇◇◇◇◇◇◇◇◇◇◇◇◇◇◇◇◇◇◇◇◇◇◇◇◇

陈子昂（661—702）

初唐诗人、文学家，字伯玉，梓州射洪（今属四川）人。因官至右拾遗，世称陈拾遗。陈子昂反对南朝以来的柔靡诗风，提倡汉魏风骨，主张诗歌要有充实的内容，强调诗歌的社会现实意义。他的诗歌揭露社会弊端，反对追求华丽辞藻，所以文采略显不足，但颇有深度，后来的很多大诗人都对他十分推崇。杜甫盛赞他“名与日月悬”，认为他是唐代诗歌革新的先驱，对唐诗的发展起到了重要作用。胡应麟在《诗薮》中写道：“初唐间五言古，陈子昂为冠。”称赞陈子昂的五言古诗为当时第一。陈子昂也反对写浮艳的文章，韩愈曾说“国朝盛文章，子昂始高蹈”，认为陈子昂是唐代古文运动的先驱。

◇◇◇◇◇◇◇◇◇◇◇◇◇◇◇◇◇◇◇◇◇◇◇◇◇

诗人故事

你们应该听过很多诗人的故事，是不是觉得诗人都是自幼好学，从小就能作诗、写文章？我陈子昂却是一个不爱读书的反面例子。我喜欢练武，想当一个打抱不平的侠客，每次父母劝我读书，我都觉得很烦。直到一次我不小心用剑伤了人，我才意识到这样做不对，开始发奋读书。

一番努力后，我考中了进士，还因为上书进谏受到了武则天的召见，这让我备受鼓舞，忍不住在诗中抒发豪情壮志。可接下来几年，我一再上书进言，却都没被皇帝采纳。为了建功立业，我也曾随军北征，但并没有受到重用。回来后，还因为多次批评朝政的弊端而遭到诬告，被关在牢里一年多才获得自由。

经过这场劫难，我依然认为，有用之身就应该做有用之事。当时边疆局势不稳，我主动请求前往边塞从军。可这一次出征却比上一次更加失败，统帅武攸宜并没有军事才能，只因为是皇帝的侄子才出任了这一职位。我再三劝谏他不能轻敌冒进，可一片忠君爱国之心换来的却是降职，失去了进言资格。军队连吃败仗，我无法改变残酷的现实，心中充满苦闷，只能把愁绪化作文字。当时齐梁诗风仍在盛行，我很反感这种内容空洞、风格柔靡的诗歌，觉得诗歌应该有风骨，应该寄托诗人的思想和情感，就一连写了《登幽州台歌》等好几首诗，每一首哀歌都诉说着我有志难伸的孤独与悲愤。

从边塞回来后，我感觉曾经的热血已经冷了，于是辞官回乡，过起了种树采药的隐居生活，心情也逐渐恢复了平静。我准备整理从汉武帝以来的历史，编写《后史记》，可刚写完大纲，父亲就过世了，我也因悲痛而病倒了。病还没好，县令又以莫须有的罪名把我抓了起来。我预感自己走不出牢狱了……

感遇三十八首（其三十五）

本为贵公子，平生实爱才。
感时思报国，拔剑起蒿莱。
西驰丁零塞，北上单于台。
登山见千里，怀古心悠哉。
谁言未忘祸，磨灭成尘埃。

知识卡片 风骨峥嵘的抒怀组诗

陈子昂一共写了三十八首《感遇》诗，大多为受时事触动而作，但它们的具体内容和反映的思想各不相同，并不是在同一时间、地点写成的。这组诗歌继承了阮籍《咏怀》诗的风格，一扫六朝以来的艳丽纤弱风气，形式质朴。诗人借咏物叙事抒发感想，对盛唐时张九龄的《感遇》和李白的《古风》等组诗产生了直接影响。

这首诗人在从军出塞的归途中所作的边塞诗，既写出了诗人担忧边疆战事却有志难伸的悲愤，也嘲讽了政治混乱的朝廷。"拔剑起蒿莱"句中，"蒿莱"就是野草丛。"西驰丁零塞，北上单于台"二句中，"丁零"是我国古代北方民族，"单于"是古代匈奴的君主，"丁零塞"和"单于台"都是指唐朝的西北边塞重地，当时被东突厥占据。胡应麟评价陈子昂的《感遇》诗"尽削浮靡，一振古雅"，称赞他开创了诗歌的新风气。元代文学家方回更是将这组诗称为唐诗"古体之祖"。

拓展阅读

登幽州台歌

前不见古人，后不见来者。
念天地之悠悠，独怆然而涕下！

◉

《登幽州台歌》是诗人登台远眺后发出的感慨，这首诗采用了长短不一的楚辞体句式，抒发了诗人理想破灭、报国无门的悲愤。诗中的“古人”指的是古代礼贤下士的贤明君主。在无垠的天地中，诗人怀才不遇的孤寂苦闷愈发显得悲凉。

春夜别友人

银烛吐青烟，金樽对绮筵。
离堂思琴瑟，别路绕山川。
明月隐高树，长河没晓天。
悠悠洛阳道，此会在何年。

◉

在友人即将前往洛阳之际，诗人写下了这首送别诗。他从践行的宴会一直写到送别的场景。宴会时的乐器“琴瑟”，源自《诗经·小雅·鹿鸣》中的“我有嘉宾，鼓瑟鼓琴”，用琴瑟演奏时的音韵和谐，来比喻与友人之间深厚的情谊。

张若虚：一首《春江花月夜》让我名垂千古

◇◇◇◇◇◇◇◇◇◇◇◇◇◇◇◇◇◇◇◇◇◇◇◇◇◇◇◇

张若虚（生卒年不详）

唐代诗人，扬州（今属江苏）人，曾任兖州兵曹。张若虚文词俊秀，与贺知章、张旭、包融齐名，世称“吴中四士”。张若虚的作品现在仅存两首，起初大部分唐诗选本都不曾收录他的诗作，在各种诗话中也未提及。直到宋代，他的《春江花月夜》才作为乐府宫体诗被收录在《乐府诗集》中。明代以后，《春江花月夜》渐渐受到文学界重视，清末民初文学家王闿运评价它“孤篇横绝，竟为大家”，足以说明这首诗在唐诗史上的地位。闻一多更是称赞“张若虚的功绩是无从估计的”。

◇◇◇◇◇◇◇◇◇◇◇◇◇◇◇◇◇◇◇◇◇◇◇◇◇◇◇◇

诗人故事

你们可能在很多地方都听过“春江花月夜”这个名字，比如乐曲、绘画，“春江花月夜”似乎成了美好事物的代表，人们都喜欢用它为作品命名，我以此为题写的一首诗也是如此。

我叫张若虚，是个诗人，各种诗歌选集和评论集都对我写的《春江花月夜》大加赞扬。其实，我并不是第一个以此为题作诗的人，“春江花月夜”在最初也没有后来的那些美好寓意。相传《春江花月夜》原本是陈后主写的艳曲，但没有流传下来，没人知道它最早的曲调是什么样的。初唐时，写宫体诗的文人很多，不过或许是因为六朝宫体诗脂粉气太浓，给人的印象太坏，大家都看不上这一旧题，将它看作靡靡之音。

在我之前，隋炀帝杨广也写过同题的诗。与两位亡国之君有了牵连，更是让它不受待见。可我认为诗歌的好坏，跟题目和诗人的身份并没有太大关系，杨广的《春江花月夜》还给我带来不少启发呢。似乎后来的评论家对我写的《春江花月夜》评价非常高，但是在我生活的年代，根本没有人看重它。对这一旧题的轻视只是一方面，更重要的是，当时的天才诗人实在是太多了，我只是个普通人，在地方担任小官。一个小官写了一首不符合大众喜好的诗，又怎么会被人注意到呢？

如果不是因为它是乐府诗，侥幸被《乐府诗集》收录，可能就会和我这个人一样，被彻底湮没在漫长的时光中了。说实话，我怎么也没有想到，这首诗会在后来获得那么多赞誉，人们甚至都不去探究这一旧题的始创者，而把一切都归功在我身上了。我的一生平平淡淡，不曾功成名就，但我的这首诗一直被人们传诵，对一个诗人来说，这已经是超乎想象的荣耀了。

春江花月夜

春江潮水连海平，海上明月共潮生。
滟滟随波千万里，何处春江无月明。
江流宛转绕芳甸，月照花林皆似霰。
空里流霜不觉飞，汀上白沙看不见。
江天一色无纤尘，皎皎空中孤月轮。
江畔何人初见月？江月何年初照人？
人生代代无穷已，江月年年只相似。
不知江月待何人，但见长江送流水。
白云一片去悠悠，青枫浦上不胜愁。
谁家今夜扁舟子，何处相思明月楼？
可怜楼上月徘徊，应照离人妆镜台。
玉户帘中卷不去，捣衣砧上拂还来。
此时相望不相闻，愿逐月华流照君。
鸿雁长飞光不度，鱼龙潜跃水成文。
昨夜闲潭梦落花，可怜春半不还家。
江水流春去欲尽，江潭落月复西斜。
斜月沉沉藏海雾，碣石潇湘无限路。
不知乘月几人归，落月摇情满江树。

·滟滟（yànyàn）：水充盈的样子

知识卡片 诗中之诗

这首《春江花月夜》采用的是乐府旧题，属于宫体诗，但已不是原有的曲调。和杨广的同名诗作一样，张若虚也以春、江、花、月、夜为背景展开描述，突破了宫体诗的意境限制。

这首诗采用七言歌行的形式，一洗南朝宫体诗的脂粉气。诗人将对宇宙和人生的思考融入春江月夜的景色中，超越了前人诗作中单纯的景物描写。这一旧题在张若虚手里焕发了全新的生命力，被闻一多盛赞为“诗中的诗，顶峰上的顶峰”。

“谁家今夜扁舟子，何处相思明月楼”二句中，“扁舟子”代指飘荡江湖的游子，“明月楼”代指月夜闺楼中的思妇。“鸿雁长飞光不度，鱼龙潜跃水成文”二句中，诗人化用了“雁足传书”和“鱼传尺素”两个典故。根据《汉书·苏武传》，出使匈奴的汉朝使者说汉武帝射到一只腿上系着帛书的大雁，上面有关于苏武的信息；“呼儿烹鲤鱼，中有尺素书”是古乐府《饮马长城窟行》中的诗句，描写了古人从鱼形信封中取信的场景。在古代，人们常以“雁”和“鱼”代表信使。

王湾：我在诗中写出了盛唐气象

◇◇◇◇◇◇◇◇◇◇◇◇◇◇◇◇◇◇◇◇◇◇

王湾（生卒年不详）

唐代诗人，洛阳（今属河南）人。王湾曾编校过南朝齐梁以后的诗文集。他成名很早，入朝做官前就以诗文闻名。《河岳英灵集》称："湾词翰早著，为天下所称最者不过一二。"说明他的诗歌当时十分被人推崇，但多已失传，现在仅存十首，其中以《次北固山下》最为有名。这首诗也被多本唐诗选集收录，还被选入多个版本的初中语文教材。

◇◇◇◇◇◇◇◇◇◇◇◇◇◇◇◇◇◇◇◇◇◇

诗人故事

我叫王湾，你们可能没听过这个名字，但你应该读过我写的诗。还记得"潮平两岸阔，风正一帆悬"吗？这些诗句出自我写的《次北固山下》，听说它已经被选入了你们的语文课本，是必须背诵的。你们可能觉得我有点儿神秘，毕竟后来的研究者连我出生在哪一年，字号是什么都没弄明白。但这些其实并不重要，对一个诗人来说，我的诗歌能得到赞赏，就已经足够了。

中了进士后，我在离老家洛阳不远的地方当了个小官，工作比较清闲。后来朝廷召集博学之士校正书籍，我因素有文名而被选中，参与编校了很多集部图书，还整理了很多南朝齐梁之后的诗文集。因为编书有功，我被升授为洛阳尉。

我虽然是个北方人，却特别喜欢南方的秀丽风景，经常去江南游历，欣赏湖光山色。有一次，在冬末春初的时候，我由楚入吴，乘坐小船经过北固山，在此停泊。黎明时分，夜色还没有褪尽，小船独自航行在宽广的江面上，我忍不住思念故乡，写下了《次北固山下》。这首诗流传开以后，受到了宰相张说的赞赏，他亲手将"海日生残夜，江春入旧年"这两句写下来，挂在政事堂上，还说要把它作为人们写诗的范例。获得了宰相这么高的评价，我还真有些受宠若惊呢！

次北固山下

客路青山外，
行舟绿水前。
潮平两岸阔，
风正一帆悬。
海日生残夜，
江春入旧年。
乡书何处达，
归雁洛阳边。

知识卡片

初唐诗歌与盛唐诗歌的分水岭

这是一首著名的思乡诗，是王湾在游历江南经过北固山时所写。诗题目中的“次”是停留的意思。这首诗自唐代以来就有两个版本，另一版本题作《江南意》，诗句也有所不同，但这并不影响它广受赞誉。

“潮平两岸阔，风正一帆悬”二句中，诗人借“一帆悬”的小景，写出了“两岸阔”这样大江直流、风平浪静的大景，被王夫之赞为“以小景传大景之神”。“海日生残夜，江春入旧年”二句非常有名，《河岳英灵集》评价“诗人已来少有此句”，晚唐诗人郑谷更是在诗中写道：“何如海日生残夜，一句能令万古传。”认为这两句诗能流传千古。《诗薮》也称赞它“形容景物，妙绝千古”，认为这两句诗已经开始体现浑厚深远的盛唐气象，成为区别盛唐诗歌和初唐，中唐诗歌界限的标志。末二句“乡书何处达，归雁洛阳边”中，运用了“雁足传书”的典故，表达了诗人的思乡之情。

王翰：我写出了盛唐第一等的边塞诗

◇◇◇◇◇◇◇◇◇◇◇◇◇◇◇◇◇◇◇◇◇◇◇◇◇◇

王翰（生卒年不详）

盛唐诗人，一名王瀚，字子羽，晋阳（今山西太原西南）人。王翰性格豪迈，喜好饮酒，能文善诗，以七绝著称。他是当时名重一时的边塞诗人，《唐才子传》评价他“多壮丽之词”，诗作充满豪情，其中以《凉州词》最负盛名。他的部分词作描写了饮宴游乐的场景和美丽的女子，抒发人生苦短应及时行乐的情怀。杜甫曾在诗中将王翰愿意与自己为邻视为荣幸。王翰的诗歌现在只留存十几首，收录在《全唐诗》中。

◇◇◇◇◇◇◇◇◇◇◇◇◇◇◇◇◇◇◇◇◇◇◇◇◇◇

诗人故事

听过“葡萄美酒夜光杯”吗？这句诗就是我王翰写的。不是自夸，我的这首《凉州词》虽然只有四句，却句句是第一等的名句。我可能不是唐代最有名的诗人，但一定是最狂放的诗人之一。我天资过人，从小长辈就很宠爱我，放任我。少年时我整天与朋友们骑猎饮酒，及时行乐。

大家都说科举很难，可我顺顺利利就考中了进士。等待吏部选拔的日子有点儿无聊，我就列了一个“海内文士排行榜”，把天下文人按照才华分成了九等，第一等只有三人，我自然在其中。可能是因此得罪了很多人，我最终没能得到官职。不过我也不觉得遗憾，回到了老家，像以前一样过着自由自在的日子。并州长史张说到任后，对我非常礼遇，我们常常在一起喝酒写诗。张说当上宰相以后，推荐我到京城担任低品文官。后来，边关燃起战火，我被派往前线，负责输送马匹与粮草等军需物资。于是，我跟随出征的军队来到了边塞。边塞虽然艰苦，但也别有乐趣。我很快就和士兵们打成了一片，渐渐了解到他们的感受，我写的边塞诗中那些慷慨悲歌，都是在诉说士兵的真实生活和心声。

可边塞生活再豪迈激昂，终究不是文人的真正归宿，我又回到京城，丝毫没有注意到朝堂上已经起了风波。我家资豪富，性格豪放不羁，经常自比王侯，得罪了不少人。不久，张说被罢相，我也被排挤出朝堂，到地方上做官。这也不算什么大事，我要才有才，要钱有钱，现在还有大把时间，于是我整天邀请文人豪侠饮酒作乐，写诗作文，过得潇洒自在。我的诗文越来越有名气，当时的才子杜华也是我的座上宾。他的母亲曾说，她不用学孟母三迁，只要和我做邻居就足够了。这只是个笑谈，可传到了朝中，就成了我纵情享乐、怠慢公务的证明，导致接连被贬官。但这有什么关系呢？我还是过着自由自在的生活。

我的一生，听遍了赞誉，饮尽了美酒，享受了富贵，还见识过边塞风景。起起落落算什么，还不如像我诗中写的那样“对酒长歌莫长叹”。

凉州词

葡萄美酒夜光杯，欲饮琵琶马上催。
醉卧沙场君莫笑，古来征战几人回？

知识卡片 盛唐边塞诗的代表作

这首著名的边塞诗是王翰的代表作。在诗人生活的年代，唐朝边关并不安稳，朝廷屡派军队前往御敌，大批文官也随军出征，随之产生了数量众多的边塞诗。“凉州词”原是在凉州流行的一种曲调，唐代诗人常用此调描写边塞风光和战争场景，其中以这首诗和王之涣的同题诗最为著名。

这首诗是王翰随军出征西北时所作，具有鲜明的地方色彩。“葡萄美酒夜光杯，欲饮琵琶马上催”二句中，“夜光杯”指美玉制成的酒杯，与葡萄酒和琵琶都产自西域。与大部分边塞诗不同，这首诗描写的是军中欢庆畅饮的场面。关于它的主题，后世评价颇有分歧。沈德潜认为，这首诗表面上写旷达豪饮，其实悲凉至极，诗中充满厌战情绪。清代文人施补华则认为这首诗是在描写将士们痛快地生、豪迈地死的乐观情怀，读这首诗时，“作悲伤语读便浅，作谐谑语读便妙，在学人领悟”。

不同的解读并不影响这首诗的艺术魅力，明代文学家王世贞曾评价此诗：“‘葡萄美酒’一绝，便是无瑕之璧。盛唐地位不凡乃尔。”

张九龄：我开启了清淡的诗风

◇◇◇◇◇◇◇◇◇◇◇◇◇◇◇◇◇◇◇◇◇◇◇◇◇◇

张九龄（678—740）

唐代大臣、诗人，字子寿，韶州曲江（今广东韶关西南）人，谥号文献，世称张曲江或文献公。张九龄为官廉洁，直言敢谏，是唐朝有名的贤相。他擅长诗文，尤以五言古诗成就最高。他的诗歌注重抒发性情，代表作《感遇》十二首，历来与陈子昂的《感遇》诗并称，对李白的《古风》产生了直接影响。他的诗风清远秀雅，诗作《望月怀远》堪称传诵千古的名作，胡应麟称其“首创清淡之派”，影响了后来的孟浩然、王维等人的山水田园诗。值得注意的是，他的诗歌对很多岭南文人的创作都起到了启迪作用。

◇◇◇◇◇◇◇◇◇◇◇◇◇◇◇◇◇◇◇◇◇◇◇◇◇◇

诗人故事

可能很多人是通过“海上生明月，天涯共此时”这两句诗认识我张九龄的吧。别看我后来官居相位，但刚刚步入官场那会儿，我也是从校对书籍的小官做起的。当时太子李隆基亲自出题选拔人才，我通过了考试，升为右拾遗。太子继位后，我以为前途一片光明，没想到因为上书直谏得罪了宰相姚崇，于是我决定辞官回乡。

我的家乡在岭南，就在今天的广东。在唐朝，岭南还是偏远落后的地区，出入必须经过大庾岭。山路难行，我想为家乡做些贡献，就上书请求朝廷开凿新路。我攀岩勘探，确定开凿路线和工程计划，历经艰难险阻，终于修通了大庾岭驿道，把江西和岭南连接起来，使南北往来畅通了很多。因修路有功，我得以重回朝堂。宰相张说特别欣赏我，我受到器重，免不了要写一些歌功颂德的应制诗。但我不想追求语言的华丽，更想描写国事活动，注重典雅平实。好景不长，我受到张说罢相的牵连，被贬到了外地。我在任上游览山川美景，将心情和志趣都融入了大量的山水诗中。

后来我步步高升，当上了宰相，但那时皇帝渐渐志得意满，不思朝政。我多次进谏，劝他整顿朝纲，却只招来了厌恶。后来他还听信了李林甫的谗言，把我贬到了荆州。这一次被贬，我完全没有了游山玩水的闲适心情。奸臣当道，朝廷内忧外患，危机四伏，一想到这些我就忧心忡忡，只能借咏物诗来抒发感情和志向。

后来我的身体每况愈下，便请求回乡。我的人生起起伏伏，但进退穷达我都坦然面对，只愿我大唐盛世长存！

望月怀远

海上生明月，
天涯共此时。
情人怨遥夜，
竟夕起相思。
灭烛怜光满，
披衣觉露滋。
不堪盈手赠，
还寝梦佳期。

知识卡片 五律中《离骚》

这首月夜怀人的名篇，是张九龄被贬为荆州长史后，望月思念远方亲人所作。

首联“海上生明月，天涯共此时”与张若虚的“春江潮水连海平，海上明月共潮生”都是描写海上明月的名句。相比张若虚描绘的壮美景色，张九龄的诗句更为清淡，沈德潜称赞此句为“情至语”，说它在朴素的诗句中蕴藏着真挚的情感。直到现在，人们还经常在中秋佳节时引用这两句诗，以表达对亲友的思念。

“灭烛怜光满，披衣觉露滋”二句中，“怜”是爱的意思，“光满”是月光满照的意思，这里指月色皎洁无边，“滋”是滋生的意思，“露滋”既是露水沾湿衣服，也暗指了滋生的思念之情。这两句写出了诗人深夜在月下徘徊思人的情景。

“不堪盈手赠，还寝梦佳期”二句中，“盈手”是满手的意思，这里指把月光捧满手中，“佳期”指相会之期。这两句写了诗人无法相赠月光，只能期待与亲人梦中相聚，进一步表达了思念之情。

这首诗情深意切，被清代文学家姚鼐誉为“五律中《离骚》”。回忆一下之前我们讲的《离骚》，你觉得这个评语是否准确呢？

王之涣：我只有六首诗流传后世，却代表着盛唐之音

◇◇◇◇◇◇◇◇◇◇◇◇◇◇◇◇◇◇◇◇◇

王之涣（688—742）

唐代诗人，字季凌，晋阳（今山西太原西南）人。能文善诗，尤其擅长五言诗。王之涣所作诗歌多是游历时的切身体会，他因善写边塞风光而名动一时，与同样以边塞诗著称的高适、王昌龄等人多有唱和，很多作品都以诗入乐，广为传唱。王之涣的诗歌大多散佚，仅有六首流传下来，其中包括著名的《凉州词》和《登鹳雀楼》，你在多个版本的语文教材中都能见到它们的身影呢！

◇◇◇◇◇◇◇◇◇◇◇◇◇◇◇◇◇◇◇◇◇

诗人故事

很多文人把科举视作通往美好前程的光明大道，我王之涣偏偏更想成为侠士。读书之余，我喜欢舞刀弄剑，结交朋友，饮酒打猎。不过我自幼聪颖好学，弱冠年纪就能精研文章，不到壮年就已经熟读经典。

年少轻狂的时代一晃而过，我没有参加科举考试，而是在开元年间入仕，调补担任主簿这样一个小官。我规规矩矩地做着本职工作，为百姓做一些力所能及的事，不贪不腐，也不逢迎拍马。可有时候即使我不想惹麻烦，麻烦也会找上门来。我遭受了别人的诬陷诽谤，忍无可忍，于是辞官而去，不再蹚这浑水。我在回乡的路上途经黄河，登上鹳雀楼远眺，日落群山、黄河入海的美景让我心情激荡，不由得写下了《登鹳雀楼》这首诗。

不过，官场生活也不是没有收获，上司欣赏我，于是将女儿许配给我。感谢我的妻子，在我辞官后，她没有抱怨我不思进取，而是和我一起安贫乐道。闲居在家，我开始潜心作诗，经常与好友王昌龄和高适唱和。后来我一路北上来到边塞，被边塞的壮丽景色所倾倒，一挥而就写下了《凉州词》。

无拘无束的生活是怎样也过不够的，但是我的好友靳交感叹我洁身自持，多次劝说我再次入仕，我听从了他的劝告，再次进入官场。我这个人做事，要么不做，做了就要好好干。不管怎样，我都能坚持自己的信念，清清白白做官，认认真真做事。可没过多久，我就得了重病。也许我再也没有机会远行了，可我的心依旧在边塞飘荡。

凉州词

黄河远上白云间，一片孤城万仞山。
羌笛何须怨杨柳，春风不度玉门关。

知识卡片 盛唐边塞诗名作

这首著名的边塞诗是王之涣在边塞游历时所作。“黄河远上白云间，一片孤城万仞山”二句中，“黄河远上”指的是远望黄河的源头，“仞”是古代的长度单位，古时七尺或八尺为一仞，“万仞”形容山极高。这两句诗描写了边塞孤城的壮阔风光，诗人在《登鹳雀楼》中的名句“黄河入海流”描写了黄河入海的流动之美，而这首诗中的“黄河远上白云间”，观察角度正好与黄河流向相反，意在展现其源远流长的闲适之美。“羌笛何须怨杨柳，春风不度玉门关”二句中，“羌笛”是唐代边塞常见的乐器，“杨柳”指的是《折杨柳》曲，古诗中常用杨柳来比喻送别，“度”是吹拂的意思，“玉门关”在古代是通往西域的门户。

这首诗与王翰的《凉州词》都是边塞名篇，带有强烈的地域色彩，格调豪迈高昂，还体现了将士们戍边不得还乡的怨情，不过此诗有怨却不消沉，而是充满悲壮，成为盛唐之音的代表。《凉州词》在当时广为传诵，后人甚至将它评为唐代最佳的绝句之一。

拓展阅读

登鹳雀楼

白日依山尽，黄河入海流。
欲穷千里目，更上一层楼。

◉

这首《登鹳雀楼》让我们感受到了诗人登高望远所见到的壮丽景色，以及他由此激发的远大志向。也有说法认为这首诗名为《登楼》，是朱彬所作。这首五言绝句气势磅礴，意境深远，“欲穷千里目，更上一层楼”更是常被引用来表达积极向上、不懈进取的态度。

送别

杨柳东风树，青青夹御河。
近来攀折苦，应为别离多。

◉

古人送别时多折柳相赠，这首诗便借写柳来写离别。诗人没有直接刻画离别的场景和情感，但正如《唐诗解》所评价的那样：“离别之多，柳尚不胜攀折，岂人情所能堪！”柳枝被折下那么多，正是因为离别多、离情浓。

孟浩然：我开创了盛唐山水田园诗派

◇◇◇◇◇◇◇◇◇◇◇◇◇◇◇◇◇◇◇◇◇◇◇◇◇◇◇◇◇◇

孟浩然（689—740）

唐代诗人，本名不详，字浩然，号孟山人，襄州襄阳（今属湖北）人，世称孟襄阳，有《孟浩然集》传世。孟浩然是盛唐很有名的诗人，与王维并称“王孟”。他的诗歌大多描写隐逸生活和田园山水，是唐代第一个大量创作山水田园诗的诗人，被后人誉为“诗星”。李白和杜甫都对他十分推崇。李白有诗云：“吾爱孟夫子，风流天下闻。”杜甫也称赞他“清诗句句尽堪传”。孟浩然的五言诗广受赞誉，明代诗人谢榛认为“浩然五言古诗近体清新高妙，不下李、杜”。明代诗论家许学夷更是在《诗源辩体》中赞其五律“乃盛唐最上乘”。

◇◇◇◇◇◇◇◇◇◇◇◇◇◇◇◇◇◇◇◇◇◇◇◇◇◇◇◇◇◇

诗人故事

自古文人“学而优则仕”，书读得好就去做官。如果告诉你们我从没当过官，你们会不会认为我很清高？听完我的故事，你们就会明白，不是我不想当官为民做事，为国家贡献力量，而是没有机会呀！

年轻的时候，我隐居在鹿门山。开元年间，我去长安参加科举，信心满满地写诗表达渴望及第的心情，结果却名落孙山。更遗憾的是，我还搞砸过一次做官的好机会。有一次我去拜访好友王维，皇帝突然驾临。我把得意之作《岁暮归南山》念给他听，他听到“不才明主弃”这句诗后龙颜大怒，认为我是在诬蔑他舍弃贤才。大好机会就这么毁了，我的心情也跌到了谷底。虽然沮丧，但我没有放弃，写了《望洞庭湖赠张丞相》这首诗献给宰相张九龄，希望能得到他的举荐，又托人向皇帝献赋，却都没有结果。

灰心之下，我离开长安四处漫游，足迹遍布大江南北，一路观山赏水，写了大量的山水诗抒怀，心里的失落缓解了不少。不过山山水水只能令人一时陶醉，想到仕途无望，我还是难掩心中的痛苦，这时写出来的诗就没那么洒脱了。后来还有人想举荐我，我因为与老友开怀畅饮而错过了这个机会。我已没有了当年的豪气，不确定是否还应踏足官场。后来我也曾在张九龄手下做事，却始终觉得与其他官员格格不入，就选择回乡隐居，过着平静的日子。

有一次，老友王昌龄来探访我。当时我背上长了毒疮需要忌口，可老友重逢谁还管得了那么多，开心最重要。回顾这一生，也许山水田园才是我真正的归宿。

过故人庄

故人具鸡黍，邀我至田家。
绿树村边合，青山郭外斜。
开轩面场圃，把酒话桑麻。
待到重阳日，还来就菊花。

知识卡片 盛唐田园诗的代表作

这首著名的田园诗是孟浩然隐居鹿门山时所作。诗题中的“过”是拜访的意思，从这里我们就能得知，这首诗写的是诗人应邀去拜访一位友人的经历。

开篇“故人具鸡黍”句中，“具”是准备的意思，“鸡黍”是化用了“杀鸡为黍而食之”（《论语·微子》）的典故，指的是招待宾客的饭菜。接下来的诗句用朴实无华的语言描写农家闲适的生活场景，末二句“待到重阳日，还来就菊花”则表达了朋友之间的情谊，他们约定在重阳节的时候再饮菊花酒，真是潇洒！元代诗论家方回在《瀛奎律髓》里评价“此诗句句自然，无刻画之迹”，赞赏这首诗清新自然，而这也正是孟浩然山水田园诗的特点。沈德潜则称赞这首诗“通体清妙”“语淡而味终不薄”，告诉我们要透过诗句淡淡的表述，体会其内在的深远韵味。

望洞庭湖赠张丞相

八月湖水平，涵虚混太清。
气蒸云梦泽，波撼岳阳城。
欲济无舟楫，端居耻圣明。
坐观垂钓者，徒有羡鱼情。

知识卡片 别具一格的干谒诗

干谒诗是古人为了展现自己的才华，写给达官贵人请求举荐的诗文，类似现在的自荐信。这首著名的干谒诗是孟浩然写给宰相张九龄的，虽是干谒诗，却写出了洞庭湖磅礴的气势，成为唐代山水诗的代表作，体现了盛唐诗歌壮阔的气概，被南宋文学家刘辰翁称赞为“气概横绝”。

诗人首先描绘洞庭湖的壮丽景色。“涵虚混太清”句中，“太清”指天空。“气蒸云梦泽，波撼岳阳城”二句中，“云梦泽”是古代水域名，分为云泽和梦泽，洞庭湖是它的一部分。这两句诗是描写洞庭湖的名句，南宋诗评家蔡正孙认为，虽然吟咏洞庭湖的诗句很多，只有这两句诗境界雄浑壮阔，“气象雄张，旷然如在目前”。接下来，诗人开始了自我陈述。“端居耻圣明”句中，“端居”是闲居的意思，“圣明”代指太平盛世。“徒有羡鱼情”句中，化用了“临河而羡鱼，不如归家织网”（《淮南子·说林训》）的典故，意思是与其在河边羡慕别人钓到鱼，不如回家织网。此处指诗人有心出仕，但无人引荐，只能坐观他人。

春晓

春眠不觉晓，
处处闻啼鸟。
夜来风雨声，
花落知多少。

知识卡片 惜春更惜时的名篇

这首惜春的名篇是孟浩然在鹿门山隐居时所作，描绘了诗人在春天的早晨刚刚醒来时的场景。“春眠不觉晓”句中，“不觉晓”意思是不知道天亮了。“花落知多少”句中，“知多少”是不知道有多少的意思。诗人采用了“不知——知”“知——不知”的句式，不知天亮却闻鸟鸣，知风雨却不知道花落，通过听觉展现了一副春天的景象。春声悦耳，春花短暂，美丽的春光是多么值得我们珍惜呀！全诗没有一个难字，语言平易自然，又言浅意浓，景真情真。刘辰翁评价这首诗“风流闲美，正不在多”，称赞它韵味深远，不在言多。

宿建德江

移舟泊烟渚，日暮客愁新。
野旷天低树，江清月近人。

◉

这首诗让我们看到了一幅秋江暮色图景。诗人去长安寻找出仕的机会，却失望而归，怀着苦闷的心情外出游历。夕阳西下，本应是归家之时，孤身在外的诗人将小船停在江边，千愁万绪都融在眼前所见的秋江和明月中。

夜归鹿门歌

山寺鸣钟昼已昏，渔梁渡头争渡喧。
人随沙岸向江村，余亦乘舟归鹿门。
鹿门月照开烟树，忽到庞公栖隐处。
岩扉松径长寂寥，唯有幽人独来去。

◉

鹿门山是东汉末年著名隐士庞德公隐居的地方，诗人谋求出仕失败，在游历数年后，决心效仿庞德公隐居鹿门山。这首诗描写了诗人夜晚回到鹿门山时的所见所闻。

王维：我的山水诗不仅仅“诗中有画”

◇◇◇◇◇◇◇◇◇◇◇◇◇◇◇◇◇◇◇◇◇◇◇◇◇

王维（约 701—761）

唐代诗人、画家，字摩诘，太原祁县（今属山西）人，官至尚书右丞，世称王右丞。王维与孟浩然合称“王孟”，他的诗作以山水田园诗成就最高。他精通佛学，有“诗佛”之称，且多才多艺，明代画家董其昌视其为南宗水墨山水画的创始人。苏轼曾这样评价王维的诗画：“味摩诘之诗，诗中有画；观摩诘之画，画中有诗。”王维常用五律和五绝的形式来描绘自然风景，歌颂隐居生活，把田间劳作、隐士心境和乡村之美都写进了山水田园诗中，扩大并丰富了这一题材的内容，将山水田园诗的艺术成就推向了新的高峰。

◇◇◇◇◇◇◇◇◇◇◇◇◇◇◇◇◇◇◇◇◇◇◇◇◇

诗人故事

我叫王维，出自一个书香门第，祖父担任掌管音律的协律郎，父亲精通诗文，母亲信奉佛教，擅长山水画，我从小就跟随长辈们学习音乐、诗文和绘画。然而好景不长，祖父和父亲相继去世后，家族衰落，母亲只能变卖家产，继续教导我们兄弟。为了振兴家族，我和弟弟王缙发奋苦读。

二十岁那年，我进士及第，授官太乐丞，负责皇家礼乐。可没过多久，我就因属下伶人私舞黄狮子而被贬官到外地。因为黄狮子舞是专供皇帝观看的，私下舞蹈是不敬的大罪。接下来的数年，我把心中的苦闷寄托于山水和作诗，《鸟鸣涧》这首诗就写于这个时期，我想你们应该会学到它。

后来，我重返朝廷，奉命出使边塞。不同于中原的山水，大漠雄奇壮丽的景色深深震撼了我。边塞虽然环境恶劣，却也远离了官场的纷纷扰扰。更让人高兴的是，我在塞外遇到了几位老朋友。那几年，我时常与友同游，骑马射猎，日子过得十分洒脱，写下了不少边塞诗。《使至塞上》这首诗就是我在出使的路上写下的。

回到长安后，我的几位好友接连离世，知音稀少，我只能另觅净土，在长安附近的辋川过起了半官半隐的生活，从山水中感受安宁。你可以从我的山水田园诗，如《山居秋暝》《终南别业》中，看到我当时的生活和心境。

我本以为将终老于此，但安史之乱爆发，安禄山的叛军攻入长安。尽管我不愿听命叛军，甚至服药让自己患病，却仍被迫接受了伪职。战乱平息后，我被认为依附叛军而下狱，好在有弟弟王缙为我求情，我才没有被定罪，可是我的内心一直对此深感羞愧。

历经人生无常，我再次将目光转向了钟爱的山水田园，以此寻求心中的平静。在尝遍悲欢离合后，我看淡了人生的起起落落。临终前，我写信与亲友一一道别，把辋川别业捐给寺院，供其救助世人。

山居秋暝

空山新雨后，
天气晚来秋。
明月松间照，
清泉石上流。
竹喧归浣女，
莲动下渔舟。
随意春芳歇，
王孙自可留。

知识卡片 好到无法圈点的山水诗

这首山水名篇是王维晚年在辋川别业闲居时所作。诗题中的“暝”是黄昏的意思。这首诗描写了诗人秋日傍晚在山居看到的景色，前四句用白描的手法描绘了山中的幽静。末二句“随意春芳歇，王孙自可留”中，“春芳”是春天的花草，“歇”是凋谢的意思，“王孙”原意是贵族子弟，后来也代指隐居的人。这两句反用了“王孙兮归来，山中兮不可久留”（《楚辞·招隐士》）的典故，将“山中兮不可久留”变为了山中“自可留”，这里的王孙就是诗人自己。

古人作诗有“悲秋”的传统，因为悲凉伤感的秋景总会勾起诗人的愁思。这首诗却别具一格，所描写的秋景宁静清新，又生机勃发。诗人将自己高洁的情怀寄托在如画的景物中，耐人寻味。《唐宋诗举要》评价此诗“随意挥写，得大自在”。刘辰翁称它“总无可点，自是好”，意思是这首诗好到无法评点。

终南别业

中岁颇好道，
晚家南山陲。
兴来每独往，
胜事空自知。
行到水穷处，
坐看云起时。
偶然值林叟，
谈笑无还期。

知识卡片 王维晚年的闲适情趣

《终南别业》是王维晚年的作品，那时他已经过着半官半隐的生活，寄情山水，以隐居和礼佛来寻求内心的平静。

诗题的“终南别业”指的是王维在辋川的庄园，这首诗描写了他在辋川的隐居生活。“中岁颇好道，晚家南山陲”二句中，“中岁”是中年的意思，“晚”则是晚年。“胜事空自知”句中，“胜事”指的是乐事。诗人兴致来了就独自欣赏美景，自得其乐，令人羡慕。“行到水穷处，坐看云起时”这两句诗更是被俞陛云赞为“见妙境之无穷”。

宋代诗人魏庆之认为，王维的想法已经充分融合到所写的景物中，两者互为表里，融合无间，形成了一种绝妙的意境，并不是苏轼用“诗中有画”的评价就能概括这首诗的艺术价值的。

知识卡片 如何以动写静之美？

《鸟鸣涧》是王维所作组诗《皇甫岳云溪杂题五首》的第一首，是他早年游历江南时写的一首闲适写景小诗。关于“人闲桂花落”的桂花，后世形成了几种不同的看法：有的观点认为桂花有春桂、秋桂、四季花等不同种类，此处诗人指的是春桂；有的观点认为桂花是虚写，借指春天的花朵；又因古人传说月亮上有桂树，而花与华同音，所以也有观点认为桂花指的是月华，也就是月光。

王维常在山水诗中营造静谧的意境，这首诗也同样如此。但它写法新奇，通过描绘掉落的桂花和鸟鸣，衬托出山涧的幽静，正如俞陛云所讲的“静中之动，弥见其静”。胡应麟也评价这首诗“读之身世两忘，万念皆寂”。这种独特的心境成为王维诗歌特有的艺术特征之一，沈德潜就认为它“迥出常格之外，任后人摹仿不到”。

鸟鸣涧

人闲桂花落，
夜静春山空。
月出惊山鸟，
时鸣春涧中。

使至塞上

单车欲问边，
属国过居延。
征蓬出汉塞，
归雁入胡天。
大漠孤烟直，
长河落日圆。
萧关逢候骑，
都护在燕然。

知识卡片 独绝千古的边塞诗

这首诗写于唐玄宗开元二十五年（737），当时王维奉命前往凉州察访军情，在出使途中写了这首诗。

“单车欲问边，属国过居延”二句中，“单车”是一辆车，这里是轻车简从的意思，“属国”有两种解释，一说是古代对依附中原朝廷的小国的称呼，一说是负责外交事务的官名，这里指代诗人使臣的身份。

“征蓬出汉塞”句中，“征蓬”指随风远飞的枯蓬，诗人以此自比。紧接着，诗人描写了他所见到的景色——“大漠孤烟直，长河落日圆”。“孤烟”是形容古时用狼粪点燃烽火，燃起的烟是笔直的。这两句诗历来广受赞誉，明末诗论家徐增称赞它“独绝千古”，王国维在《人间词话》中评价这两句诗的雄壮境界时写道：“此种境界，可谓千古壮观。”“都护在燕然”一句借指建立功业，用了东汉大将窦宪“燕然勒功”的典故，窦宪在与匈奴的作战中大获全胜，于是在燕然山上刻下自己的功绩。

在盛唐数量众多的边塞诗中，这首诗别具特色。诗人没有写边塞的苦寒和将士的疾苦，而是描写了壮丽奇异的景色，角度新颖。如果你们读过《红楼梦》，就会发现曹雪芹也在书中借香菱之口夸赞了这首诗高超的艺术境界呢。

拓展阅读

九月九日忆山东兄弟

独在异乡为异客，每逢佳节倍思亲。
遥知兄弟登高处，遍插茱萸少一人。

◉

九月九日是重阳节，古人在这天有登高和佩戴茱萸囊避灾的风俗。这首诗讲述了诗人身处外地，在重阳佳节时思念家乡亲人的心情。诗题中的“山东”指诗人位于华山之东的家乡。“独在异乡为异客，每逢佳节倍思亲”是描写游子思乡的名句。

鹿柴

空山不见人，但闻人语响。
返景入深林，复照青苔上。

◉

这首诗展现了一幅空山深林的幽静画面。“人语”衬托了“空山”的寂静，“返景”是夕阳返照的光，余晖更显深林的幽暗。这首小诗就这样通过声音和光线的对比来表现幽静。

送元二使安西

渭城朝雨浥轻尘，客舍青青柳色新。
劝君更尽一杯酒，西出阳关无故人。

◉

友人将远赴边塞，诗人用劝酒来表达深切的惜别之情。这首诗被谱成曲后，成了当时最流行的送别之歌，名为《阳关曲》，后来又被改编成古琴曲《阳关三叠》。

·浥（yì）：湿润

竹里馆

独坐幽篁里，弹琴复长啸。
深林人不知，明月来相照。

◉

这首诗描写了诗人晚年在辋川隐居时的闲适生活。开篇的“独”字贯穿了全诗，“幽篁”指幽深的竹林。“弹琴”“长啸”的声响衬托了竹林的幽静，只有明月陪伴独坐的诗人。

积雨辋川庄作

积雨空林烟火迟，蒸藜炊黍饷东菑。
漠漠水田飞白鹭，阴阴夏木啭黄鹂。
山中习静观朝槿，松下清斋折露葵。
野老与人争席罢，海鸥何事更相疑？

◉

这首诗描述了夏日雨后辋川恬静优美的田园风光。尾联中的“野老”指的是诗人自己，这里还化用了《庄子·寓言》中的“争席”、《列子·黄帝》中的“海上沤鸟”两个典故。“争席”意思是与别人争座位，互不相让；“海上沤鸟”讲的是有个人常与海鸥玩耍，海鸥也与他亲近，但有一天，他父亲让他抓几只海鸥回来，他再到海边时，海鸥们就只在天空中飞，不肯到他身边了。

·菑（zī）：刚刚耕好的田地

李白：我的诗“惊风雨泣鬼神”

◇◇◇◇◇◇◇◇◇◇◇◇◇◇◇◇◇◇◇◇◇◇◇◇◇◇◇

李白（701—762）

唐代诗人，字太白，号青莲居士，自称祖籍陇西成纪（今甘肃静宁西南），是我国继屈原之后最伟大的浪漫主义诗人，被后世誉为“诗仙”，与杜甫并称为“李杜”。杜甫对李白非常推崇，写诗称赞他“白也诗无敌，飘然思不群”，“笔落惊风雨，诗成泣鬼神”。李白的乐府诗极负盛名，被后世点赞为“极才人之致”。他还擅长作五绝和七绝，胡应麟称赞其绝句“超然自得，冠古绝今”。他的诗歌题材丰富，内容从抨击政治黑暗、同情人民疾苦到抒发不得志的悲愤之情，也有不少诗作描绘自然风光，具有强烈的浪漫主义色彩。李白的诗歌开拓了全新的艺术境界，达到了盛唐诗歌的巅峰。

◇◇◇◇◇◇◇◇◇◇◇◇◇◇◇◇◇◇◇◇◇◇◇◇◇◇◇

诗人故事

我“谪仙人”李白的名声实在太大了，几乎没有人不知道我。但我出生在哪里，家世背景是什么，却没有人能说清楚。三十岁以前，我的生活美好得就像画卷一样，读书、学剑、游学、结交朋友……前面提到的孟浩然，就是我的好朋友。那时候，我写了很多山水诗来歌颂大唐的大好河山。

如果我的人生这样继续下去的话，可能会少了很多烦恼。可我李白读过那么多书，一身才华不为国效力，岂不浪费？我没有参加科举，而是选择给官员写自荐诗。我对自己的文才非常有信心，谁知这条路却屡屡失败！后来贺知章把我的诗推荐给唐玄宗，他读后决定召见我，我激动地写下了“仰天大笑出门去，我辈岂是蓬蒿人”，觉得从此就能一展抱负。可实际上并不是这么回事，我虽然得到了官职，可皇帝只让我写诗来供他玩乐助兴，真是大材小用！我开始放纵自己，表面上看起来失却了臣子该有的恭敬，杜甫说我“天子呼来不上船，自称臣是酒中仙”，可除了沉醉美酒，我又能做些什么呢？皇帝只想让我写诗夸他的仁德、夸贵妃的美貌、夸天下太平……我非常不满，就要求他宠信的高力士替我脱靴子，这件事后来还衍生出成语“力士脱靴”，用来形容文人不受拘束。

不久，皇帝听信谗言，我上疏请求去官，皇帝于是赐金放我离去。我开始四处游玩，痛快喝酒，以此来麻痹自己。除了喝酒，我只能作诗，抨击朝廷的腐败，抒发对自由的向往和对湖光山色的赞美。然而山川虽美，哪里才是真正的净土呢？我也曾和杜甫一起求仙访道，寻找隐士高人，但最后还是只能在酒中寻求慰藉。后来的安史之乱更是改变了我的生活——我投奔的永王兵败，我因此获罪流放。重获自由后，我过着颠沛流离的生活，不得不投奔族叔。病重时，我把手稿托付给族叔，写下了《临终歌》，我这一生的不甘也尽在其中了。

黄鹤楼送孟浩然之广陵

故人西辞黄鹤楼，烟花三月下扬州。
孤帆远影碧空尽，唯见长江天际流。

知识卡片 充满诗意的送别画卷

这是一首著名的送别诗，李白得知好友孟浩然要去广陵（今江苏扬州），于是写了这首诗相赠。在盛唐诗人中，王维擅长五绝，王昌龄擅长七绝，而李白则是五绝、七绝俱佳，被李攀龙誉为“实唐三百年一人”。他的绝句大多清新俊逸，这首也不例外。

“烟花三月下扬州”句中，“烟花”指繁花盛开，像浮动的烟雾，这句诗充满美感，被誉为“千古丽句”。这首诗虽是写离别之情，却不同于大部分送别诗的哀伤离愁，也不同于王勃《送杜少府之任蜀州》的乐观昂扬，而是把所有的情感都埋藏在景色中，春景绚丽，长江壮阔，诗人只是写眼前的风景，却意在言外，正如后人所评价的“写别时长望之景，而情在其中”，又“弦外有音，使人神远”。全诗充满了独特的诗意与浪漫情感。

清平调三首（其一）

云想衣裳花想容，春风扶槛露华浓。
若非群玉山头见，会向瑶台月下逢。

知识卡片 李白如何形容杨贵妃的美丽？

《清平调》三首是李白所作的应制诗，这首诗是其中的第一首。当时李白在长安待诏翰林，唐玄宗和杨贵妃赏牡丹花，命李白写新辞。酒醉的李白奉旨所作的三首七言乐府，深受皇帝和贵妃的喜爱，还被制成乐曲传唱，盛行一时。

从古至今，人们常用花来形容女子的美貌。首句“云想衣裳花想容”，李白就以云和花来形容杨贵妃，其中的“想”有两重意思，既可以说见云想到衣裳，见花想到容貌，也可以取“像”的谐音，即衣裳像云一样飘逸，容貌像花一样姣好。仅七个字就充分描写了贵妃之美。“春风拂槛露华浓”句中，“露华”指的是露珠，这句诗表面写露珠让花更美，实际是写皇帝的宠爱让杨贵妃比花还美，也表现出杨贵妃受宠时的春风得意。“若非群玉山头见，会向瑶台月下逢”二句中，“群玉山”是神话中西王母住的地方，“瑶台”则是西王母的宫殿。这两句诗没有直接夸赞杨贵妃的容貌，而是将她比作仙女，让读者对她的美有了想象的空间。

李白的乐府备受历代推崇，沈德潜曾评价“太白七古想落天外，局自变生”，意思是说李白的七言古诗想象奇特，千变万化，这首诗也充分体现了这一特征。后人称赞“此是太白佳境”“风流旖旎，绝世丰神”，盛赞它的文采风韵。

独坐敬亭山

众鸟高飞尽，
孤云独去闲。
相看两不厌，
只有敬亭山。

知识卡片 “诗仙”的山水世界

这是一首著名的山水诗。敬亭山位于安徽宣城，李白推崇的南朝诗人谢朓曾经在宣城做过太守，李白曾写下“解道澄江净如练，令人长忆谢玄晖”的诗句来怀念他。李白一生七次来到敬亭山，也留下了许多关于这座山的诗作，这首诗就是其中之一。关于这首诗的写作年份，历来争议颇多。一种观点认为这首诗写于唐玄宗天宝十二载（753），当时李白已经被迫离开长安近十年了，他应亲友之邀来到宣城，出发前还写了《寄从弟宣州长史昭》。另一种说法认为当时李白诗名极盛，应邀而来又怎么会独坐山中，因此认为这首诗写于唐肃宗上元二年(761)，这一年是历经劫难的李白最后一次来到敬亭山，从大自然中寻求慰藉。

这些争议并不影响这首诗的艺术价值，胡应麟称赞李白的绝句“信口而成”，“字字神境，篇篇神物”。这首诗紧扣一个“静”字，诗人把无情的山峰当作知音，被后人赞为“传‘独坐’之神”。

菩萨蛮

平林漠漠烟如织，寒山一带伤心碧。
暝色入高楼，有人楼上愁。

玉阶空伫立，宿鸟归飞急。何处是
归程？长亭更短亭。

知识卡片 百代词曲之祖

自古以来关于这阕词就有不少疑问，有观点认为这是描写望远怀人的闺情之作，但更多人将它看作是远行者的思乡之作。除此之外，这首词是否为李白所作也存在争议，因为它并未收录于《李太白集》，还有一些文学家认为《菩萨蛮》这一词牌始于晚唐，所以不可能是李白的作品。而近代的一些研究者则支持这是李白所作。不过，这些疑问和争议并不影响人们对这阕词的喜爱。

首句“平林漠漠烟如织”中，“平林”指平原上的树木，“漠漠”形容迷蒙的样子。从中我们可以感受到诗人惆怅的情绪，而这种情绪也笼罩着全词。“寒山一带伤心碧”句中，“伤心”是极度的意思，意思是说山色极青。结句“长亭更短亭”中，“长亭”“短亭”都是古代设立在路边供行人休息的亭舍，当时每隔十里设一长亭，五里设一短亭。接连的长亭和短亭，既写出了路途的遥远，也说明归乡遥遥无期。

这首词出现了许多景物，却情景交融，浑然天成，晚清词学家陈廷焯在《云韶集》中称赞其“神味无穷”，它与李白的另一首《忆秦娥·箫声咽》同被誉为“百代词曲之祖”。

将进酒

君不见黄河之水天上来，奔流到海不复回。
君不见高堂明镜悲白发，朝如青丝暮成雪。
人生得意须尽欢，莫使金樽空对月。
天生我材必有用，千金散尽还复来。
烹羊宰牛且为乐，会须一饮三百杯。
岑夫子，丹丘生，将进酒，杯莫停。
与君歌一曲，请君为我倾耳听。
钟鼓馔玉不足贵，但愿长醉不复醒。
古来圣贤皆寂寞，惟有饮者留其名。
陈王昔时宴平乐，斗酒十千恣欢谑。
主人何为言少钱，径须沽取对君酌。
五花马，千金裘，呼儿将出换美酒，
与尔同销万古愁。

·将（qiāng）：请

知识卡片 豪情万丈的饮酒诗

《将进酒》原本是汉乐府《鼓吹曲·铙歌》的旧题，大多描写饮酒放歌，是一个比较少见的主题。写这首诗时，李白应友人岑勋之邀，到好友元丹丘家做客。当时他已经离开长安好几年，政治理想落空，这首诗就是他借酒抒情的代表作，从中可以体会到“诗仙”独特的气势。

全诗以两组排比长句开篇，在一种惊心动魄的气势中，以空间和时间上的夸张，衬托出生命的渺小和短暂，但诗人并不因此失望消沉，而是充满自信，“天生我材必有用”正是流传千古的励志名句。“钟鼓馔玉不足贵”句中，“钟鼓”指的是权贵人家的音乐，“馔玉”指的是像玉石一样精美的食物，由此看出，诗人并不重视富贵的生活。后来，钟鼓馔玉也成为形容富贵豪华生活的成语。

接下来诗人不仅抒发了怀才不遇的不平之气，更表达了对朝政黑暗和社会现实的忧愤之情。“陈王昔时宴平乐”句中，“陈王”指的是曹植。写到这里，诗人的酒兴越来越浓。“径须沽取对君酌”句中，“径须”是干脆、只管的意思，“沽取”是买酒。结句“与尔同销万古愁”中，诗人的豪纵狂放和奔涌情感都汇成了万丈豪情。李白的乐府诗成就极高，明代诗论家陆时庸在《诗镜总论》中称赞这首诗“意气凌云”。

拓展阅读

古朗月行（节选）

小时不识月，呼作白玉盘。
又疑瑶台镜，飞在青云端。

◉

这是一首乐府诗，本书节选部分并没有直接描写月亮，而是讲述了诗人小时候对于月亮的称呼和想象，充满童趣。我们能体会到天真烂漫的孩童对周围的事物充满好奇和想象的心情。

静夜思

床前明月光，疑是地上霜。
举头望明月，低头思故乡。

◉

二十多岁的李白客居扬州旅舍时，在一个月朗星稀的夜晚，看到明月皎洁，十分思念家乡，便写下了这首《静夜思》，这首诗也成了他最著名的作品之一。2015 年，联合国发行了一套六枚纪念世界诗歌日的邮票，这首《静夜思》就作为中文诗歌的代表名列其中。

赠汪伦

李白乘舟将欲行，忽闻岸上踏歌声。
桃花潭水深千尺，不及汪伦送我情！

◉

古代文人别离亲友时，常写送别诗相赠，而与送别诗相对的就是行者所写的留别诗。这首诗就是李白写给前来为自己送行的汪伦的留别诗。潭水深，两人的友情更深，由此衍生出的成语“桃花潭水”，就被人们用来比喻友情深厚。

望庐山瀑布

日照香炉生紫烟，遥看瀑布挂前川。
飞流直下三千尺，疑是银河落九天。

◉

诗中的“香炉”可不是烧香的器皿，而是庐山的香炉峰。香炉峰石壁中间的瀑布，便是这首诗描写的对象。“飞流直下三千尺，疑是银河落九天”是咏瀑布的名句，把庐山瀑布气势磅礴的壮丽景色展现在我们面前，古人认为天有九重，九天就是天的最高处。苏轼曾称赞描写庐山瀑布的诗，数李白这首最好。

夜宿山寺

危楼高百尺，手可摘星辰。
不敢高声语，恐惊天上人。

◉

二十世纪八十年代以来，李白的这首《夜宿山寺》被选入语文教材，渐渐被人们所熟知，但关于这首诗的题目，学界仍有争议。有的学者认为“夜宿山寺”这个题目是误传，这首诗真正的题目应为“上楼诗”。诗中的楼指的是绵州（今四川绵阳）的越王楼，它是唐太宗八子越王李贞在绵州时修建的。

望天门山

天门中断楚江开，碧水东流至此回。
两岸青山相对出，孤帆一片日边来。

◉

安徽芜湖的东梁山与西梁山合称天门山，因为两座山耸立在长江两岸，像天的门户一般，因此得名天门山，这首《望天门山》，围绕着一个“望”字，描绘了诗人乘小船行驶在长江中观望天门山的情景。长江流经楚地的一段叫作“楚江”，“天门中断楚江开”一句，是诗人想象长江把原本为一个整体的山冲开后才形成了天门山，既写出了长江壮阔浩荡的气势，更能令我们感受到诗人的豪迈之情。

早发白帝城

朝辞白帝彩云间，千里江陵一日还。
两岸猿声啼不住，轻舟已过万重山。

◉

这首《早发白帝城》写于诗人流放途中遇赦返回的时候。李白流放经过白帝城时，接到了赦免的文书，惊喜交加，立刻从白帝城出发前往江陵（今属湖北荆州）。诗人觉得眼前的山水无比壮丽，小船行驶得飞快，心情更是轻快，充满获得自由后的畅快与激情。

闻王昌龄左迁龙标遥有此寄

杨花落尽子规啼，闻道龙标过五溪。
我寄愁心与明月，随风直到夜郎西。

◉

诗题中的“左迁”在古代指贬官、降职。好友王昌龄被贬到龙标（治今湖南洪江），李白知道后写了这首诗相赠。诗人在开篇写了漂泊无着的杨花和啼叫的子规，这两个意象都带有凄凉之感。

峨眉山月歌

峨眉山月半轮秋，影入平羌江水流。
夜发清溪向三峡，思君不见下渝州。

◉

这首诗描写了诗人在秋天夜晚乘船经过峨眉山所见的景色。全诗只有二十八个字，却出现了五个地名，点出了诗人的行程，在唐代绝句中极为罕见。“山月”将空间与时间联系起来，让人感受到诗人对故乡和友人的思念。

春夜洛城闻笛

谁家玉笛暗飞声，散入春风满洛城。
此夜曲中闻折柳，何人不起故园情！

◉

李白客居洛阳时，被夜晚的笛声勾起了思乡之情。“折柳”既指表达离愁别续的《折杨柳》曲，也指诗人在曲中听到的折柳之情。古人有“折柳送别”的风俗，在思念亲友时，也会折柳寄托情感。

越中览古

越王勾践破吴归，战士还家尽锦衣。
宫女如花满春殿，只今惟有鹧鸪飞。

◉

春秋时，越王勾践被吴王夫差打败，勾践回国后卧薪尝胆，后来灭了吴国。李白在游览越国古迹时，有感于勾践获胜归来时这里的繁盛和现在的荒凉，写下了这首诗。诗的前三句都在写往昔的热闹场景，更能衬托出末句所写场景的凄凉。

渡荆门送别

渡远荆门外，来从楚国游。
山随平野尽，江入大荒流。
月下飞天镜，云生结海楼。
仍怜故乡水，万里送行舟。

◉

这首《渡荆门送别》是李白二十多岁离家游历时写的，诗题中的“送别”指告别家乡、送别自己。诗人描述了自己乘船从四川出三峡，渡过荆门山后所见到的景色，以及被流经家乡的江水引发的乡愁。“山随平野尽，江入大荒流”是唐诗中描写山水的名句。

送友人

青山横北郭，白水绕东城。
此地一为别，孤蓬万里征。
浮云游子意，落日故人情。
挥手自兹去，萧萧班马鸣。

◉

这首诗讲述了诗人送别友人的情景。“萧萧班马鸣”出自《小雅·车攻》的诗句“萧萧马鸣”，“班马”指离群的马。

行路难三首（其一）

金樽清酒斗十千，玉盘珍羞直万钱。
停杯投箸不能食，拔剑四顾心茫然。
欲渡黄河冰塞川，将登太行雪满山。
闲来垂钓碧溪上，忽复乘舟梦日边。
行路难，行路难，多歧路，今安在？
长风破浪会有时，直挂云帆济沧海！

◉

“行路难”是乐府古题，其内容大多感叹世事艰难和困厄的处境，李白这首诗写在他被唐玄宗赐金放还，离开长安时。仕途不如意的李白在诗中用“冰塞川”“雪满山”来比喻自己遭遇的困难。但他并没有一直消沉下去，而是举例“闲来垂钓碧溪上”的吕尚，钓鱼时遇到文王，得到了文王的赏识；“忽复乘舟梦日边”的伊尹，后来得到了商汤的任用。这两位古代人物都经历过不如意的人生阶段，后来被君王重用。

·羞（xiū）：同“馐”，指美食

登金陵凤凰台

凤凰台上凤凰游，凤去台空江自流。
吴宫花草埋幽径，晋代衣冠成古丘。
三山半落青天外，一水中分白鹭洲。
总为浮云能蔽日，长安不见使人愁。

◉

李白留存的七言律诗不多，这首《登金陵凤凰台》是他最杰出的七言律诗之一。“金陵”就是南京。诗中的“凤凰台”位于南京的凤凰山，在古代，凤凰是象征着王朝兴盛的祥瑞。诗人面对古迹写下“凤去台空”，给人一种物是人非的沧桑感。有学者认为，这首诗的尾联具有深意，是化用汉代陆贾的“邪臣之蔽贤，犹浮云之障日月也”，以浮云蔽日象征君主被奸臣蒙蔽，导致自己无法实现政治理想。

梦游天姥吟留别

海客谈瀛洲，烟涛微茫信难求。
越人语天姥，云霞明灭或可睹。
天姥连天向天横，势拔五岳掩赤城。
天台四万八千丈，对此欲倒东南倾。
我欲因之梦吴越，一夜飞度镜湖月。
湖月照我影，送我至剡溪。
谢公宿处今尚在，渌水荡漾清猿啼。
脚著谢公屐，身登青云梯。
半壁见海日，空中闻天鸡。
千岩万转路不定，迷花倚石忽已暝。
熊咆龙吟殷岩泉，栗深林兮惊层巅。
云青青兮欲雨，水澹澹兮生烟。
列缺霹雳，丘峦崩摧。
洞天石扉，訇然中开。
青冥浩荡不见底，日月照耀金银台。
霓为衣兮风为马，云之君兮纷纷而来下。
虎鼓瑟兮鸾回车，仙之人兮列如麻。
忽魂悸以魄动，恍惊起而长嗟。
惟觉时之枕席，失向来之烟霞。
世间行乐亦如此，古来万事东流水。
别君去兮何时还，且放白鹿青崖间，须行即骑访名山。
安能摧眉折腰事权贵，使我不得开心颜！

◉

这首诗同样写于李白仕途失意之时，诗人记录了自己在梦中游览天姥山的情形，梦中不仅有挺拔险峻的山峰，更有传说中的仙人、神兽，充满了奇幻瑰丽色彩。“谢公屐”指南朝诗人谢灵运专门登山穿的木屐，上山时去掉前齿，下山时去掉后齿。最后，诗人落笔于现实，“安能摧眉折腰事权贵，使我不得开心颜”二句中，“折腰”出自陶渊明不为五斗米折腰的典故，表达了诗人对权贵的反抗之心。

· 渌（lù）：清澈
· 栗（lì）：因为恐惧而发抖
· 訇（hōng）：声音大
· 恍（huǎng）：恍然，猛然

蜀道难

噫吁嚱，危乎高哉！蜀道之难，难于上青天！
蚕丛及鱼凫，开国何茫然！
尔来四万八千岁，不与秦塞通人烟。
西当太白有鸟道，可以横绝峨眉巅。
地崩山摧壮士死，然后天梯石栈相钩连。
上有六龙回日之高标，下有冲波逆折之回川。
黄鹤之飞尚不得过，猿猱欲度愁攀援。
青泥何盘盘，百步九折萦岩峦。
扪参历井仰胁息，以手抚膺坐长叹。
问君西游何时还？畏途巉岩不可攀。
但见悲鸟号古木，雄飞雌从绕林间。
又闻子规啼夜月，愁空山。
蜀道之难，难于上青天，使人听此凋朱颜！
连峰去天不盈尺，枯松倒挂倚绝壁。
飞湍瀑流争喧豗，砯崖转石万壑雷。
其险也如此，嗟尔远道之人胡为乎来哉！
剑阁峥嵘而崔嵬，一夫当关，万夫莫开。
所守或匪亲，化为狼与豺。
朝避猛虎，夕避长蛇，磨牙吮血，杀人如麻。
锦城虽云乐，不如早还家。
蜀道之难，难于上青天，侧身西望长咨嗟！

◉

“蜀道难”是乐府旧题，这首诗描写了蜀道险峻的山川。开篇的“噫吁嚱”是用蜀地方言表示惊讶，“蚕丛”“鱼凫”是传说中古蜀国两位国王的名字。诗中还运用故事传说来展示蜀道的险峻。“地崩山摧壮士死”讲的是“五丁开山”的故事，战国时，秦惠文王送给蜀王五位美女，蜀王派五位壮士前去迎接，但在回去的路上碰到一条往洞穴中钻的大蛇，壮士们抓住蛇的尾巴往外拽，却导致山体崩裂成五座山，而山与山之间的道路就形成了蜀道；“六龙回日”讲的是传说中的太阳神羲和驾着由六条龙牵引的马车到这里，就已经接近了日落之处，这里是用来形容山的高峻。最后写到蜀道上的要塞剑阁，“一夫当关，万夫莫开”，化用了左思《蜀都赋》中的“一人守隘，万夫莫向”，“所守或匪亲”化用了张载《剑阁铭》中的“形胜之地，匪亲勿居”，“匪亲”即“非亲”，指不能信赖的人。

- 噫吁嚱（yīxūxī）：叹词，表示惊讶或感慨
- 膺（yīng）：胸
- 巉（chán）：山势高险
- 喧豗（xuānhuī）：轰响声
- 砯（pīng）：水击打岩石的声音

常建：我虽隐居，却在盛唐诗坛拥有一席之地

◇◇◇◇◇◇◇◇◇◇◇◇◇◇◇◇◇◇◇◇◇◇◇◇◇

常建（生卒年不详）

唐代诗人，字号不详。开元十五年（727）进士，与王昌龄同榜。常建一生仕途并不如意，曾游历四方，后隐居山林。他写的诗歌多为五言诗，以山水诗和边塞诗最具特色。他的山水诗清新朴素，风格接近王维和孟浩然，但幽深凄冷之意境又有所不同，对中晚唐的山水诗也产生了一定影响。他的边塞诗有别于当时大多数充满豪情的同题材诗歌，多愁苦之语。常建的诗歌在他生活的年代极受推重，《河岳英灵集》把他列在卷首，选诗数量比李白的还多呢。

◇◇◇◇◇◇◇◇◇◇◇◇◇◇◇◇◇◇◇◇◇◇◇◇◇

诗人故事

你们觉得什么样的生活才是快乐的呢？在我常建看来，与山水田园为伴的日子就是快乐的。当然，起初我并不是这么想的。跟大部分读书人一样，我也曾立志出仕报效国家。顺利考中进士后，我跟同榜的王昌龄成了好朋友。但值得高兴的也就只有这一件事了，因为我仕途颇不如意，只做到九品小官，还漂泊在异乡。越是闲暇，我就越想念远方的故乡。夜深人静时，我总是写诗把思念寄托给天边的明月和飞过的大雁。三年任满后，我辞去了官职。不是我不耐心等待机会，可升迁的希望始终渺茫，我只能放浪琴酒，寄情山水，排解心中的苦闷。

辞官后，我开始四处游历，往来于山水名胜之间，发现这种生活也不错。我还去了好友王昌龄做官前隐居的地方，写诗劝王昌龄早日归隐。就这样，我漫游了很长一段时间，江南和边塞都留下了我的足迹。大好河山的各种风光令我沉醉，而边塞的景况却让我担忧。我吟诵深幽静谧的湖光山色，也为将士的疾苦和战争的残酷深深感叹。

一天清晨，我在太阳刚升起的时候，来到了虞山的兴福寺。这时寺里并没有什么人，我沿着寺中的竹林小路，来到了后院，发现了隐藏在花木深处的禅房。阳光照着青山，鸟儿自由鸣唱，清澈的潭水中映出了我的人影，更映出了广阔的天地，好一个幽深寂静的所在！就在这时，我灵感乍现，即兴在禅房的墙壁上写下《题破山寺后禅院》。这首诗后来传了出去，获得了很多赞誉，连兴福寺都以诗扬名，变得更有名气了。

题破山寺后禅院

清晨入古寺，初日照高林。
曲径通幽处，禅房花木深。
山光悦鸟性，潭影空人心。
万籁此俱寂，但馀钟磬音。

知识卡片 寄托隐逸情怀的题壁诗

这首著名的题壁诗是常建游览常熟兴福寺时所作。题壁诗就是写在墙壁、石壁上的诗，始于两汉，流行于唐代，极受文人雅士推崇。

这首诗描写了清晨禅院幽深清寂的景色。“曲径通幽处，禅房花木深”二句影响深远。宋代大文学家欧阳修特别欣赏这两句诗，说自己想效仿它却写不出来。《红楼梦》中贾宝玉为大观园题诗时，曾说“莫如直书古人‘曲径通幽’这旧句在上，倒也大方”，还因此罕见地受到了父亲贾政的夸奖，可见其艺术成就之高。“山光悦鸟性，潭影空人心”二句，曾被沈德潜评价为“通体幽绝”。末句“但馀钟磬音”中，“钟磬”是佛寺中的法器，僧人参禅念经时会敲钟敲磬。这句诗以动衬静，诗人所处之地，除了钟磬的余音再没有别的声响，该是多么僻静啊。此外，这首诗还衍生了“曲径通幽”和“万籁俱寂”两个成语。

王昌龄：我被称为“七绝圣手”

◇◇◇◇◇◇◇◇◇◇◇◇◇◇◇◇◇◇◇◇◇

王昌龄（？—756）

唐代诗人，字少伯，京兆长安（今陕西西安）人，曾任江宁丞、龙标尉，世称王江宁、王龙标。王昌龄的诗作在当时影响极大，有“诗家夫子”的称号。唐代刘肃编撰的笔记小说集《大唐新语》中，还记录了时谚“活剥王昌龄”，用来讽刺盗用文章的人。王昌龄擅写七言绝句，被誉为“七绝圣手”，王世贞称赞他与李白的七绝“俱是神品”，王夫之更是评价“七言绝句，唯王江宁能无疵类”。王昌龄的诗歌大多描写边塞风光和军旅生活，以《从军行》和《出塞》最为知名。他的宫怨诗多描写妃嫔宫人久闭深宫的凄苦生活，成就也很高。

◇◇◇◇◇◇◇◇◇◇◇◇◇◇◇◇◇◇◇◇◇

诗人故事

我家境贫寒，当同姓的王维在长安中举的时候，我还在嵩山隐居呢。我相信读书能改变人生，就在隐居的时候勤奋读书。书读得差不多了，我却没有第一时间参加科举，而是选择外出游历。一路上欣赏了边塞风光，也体会到了边塞生活的不易，写了不少边塞诗。

开元十五年（727），我中了进士，从此踏入仕途，还和同样擅写边塞诗的王之涣、高适、岑参成了朋友。遗憾的是，性格是我仕途上最大的拦路石。都说做大事的人不拘小节，可我就是因为不拘小节，在官场屡屡得罪人，起起落落。

我曾写下“一片冰心在玉壶”送给远行的好友，其实是希望朝廷也能看到我的“冰心”，可惜没有用，我还是再次被贬。不过这种颠沛流离的生活反而成就了我的诗歌。我去过很多地方，从荒凉的岭南到繁华的中原，从壮阔的边塞到秀美的江南。看得多想得也多，我既能为边塞的将士发声，也能写婉转细腻的闺怨诗，因为这些都是生活中能触动我的东西。

随着年纪渐长，我越来越觉得自己不适合做官，也就不再关心仕途。空闲的时候，我就和朋友一起喝酒写诗。当时很多诗人都是我的朋友，孟浩然就是其中之一。说起他，我总是觉得难过。如果不是久别重逢时我高兴过了头，不留神让病中的孟浩然吃了本应忌口的菜肴，或许他还能活得更久一些，写出更多的诗篇。

李白也是我的好友，我们一见如故，志趣相投。临别时，我曾写诗赠给他。我被贬官后，他也写诗来安慰我。所以你看，虽然我仕途失意，但我的人缘还是不错的。

我的一生，历经宦海沉浮，看过数不清的美景，结交了众多的朋友，还写了很多诗，也没有什么遗憾了。

出塞二首（其一）

秦时明月汉时关，万里长征人未还。
但使龙城飞将在，不教胡马度阴山。

知识卡片 唐代七绝压卷之作

这首著名的边塞诗是王昌龄早年游历边塞时所作。“出塞”本是乐府旧题，唐代诗人常以此为题描写边塞生活。盛唐时，唐朝在对外战争中屡屡获胜，因此这一时期的边塞诗大多展现了昂扬向上的精神。然而，正如王昌龄这首诗所写的那样，频繁的战争也增添了百姓的负担。

首句“秦时明月汉时关”使用了互文的手法，意思是自古以来明月始终映照着边关，借指战争不断，引发下面的诗句。“万里长征人未还”句中，“万里长征”指的是在遥远的边疆长久征战。“但使龙城飞将在”句中，“龙城飞将”用了两个典故，龙城是汉时匈奴祭天的地方，“飞将军”指的是汉代名将李广。整句诗的意思是如果有像李广那样骁勇善战的名将，战事就会顺利得多，士兵也就不用一直在外征战。这是诗人对战事的议论。

这首七绝与王之涣的《凉州词》都是描写边塞的名篇，但相比于《凉州词》偏重写景，这首诗更偏重描写军旅生活，诗人把摹景、叙事与议论相结合，意味深远。明代文学家杨慎称其“可入神品”，李攀龙更将这首诗誉为唐代七绝的“压卷之作”。

采莲曲二首（其二）

荷叶罗裙一色裁，芙蓉向脸两边开。
乱入池中看不见，闻歌始觉有人来。

◉

这首诗让我们感受到了采莲少女的美丽和她们快乐的情绪，在诗人的笔下，采莲女与荷叶、荷花融为一体，她们欢快地歌唱，让日常劳动场景变得生动，洋溢着诗情画意。

芙蓉楼送辛渐

寒雨连江夜入吴，平明送客楚山孤。
洛阳亲友如相问，一片冰心在玉壶。

◉

这首送别诗讲述了诗人在清晨的江边送别友人的情景，诗中景致开阔，虽写离别却并不哀愁。"一片冰心在玉壶"是诗人自喻品格高洁的名句，后来还衍生出了成语"一片冰心"，用来比喻恬静淡泊的性情。

从军行七首（其四）

青海长云暗雪山，孤城遥望玉门关。
黄沙百战穿金甲，不破楼兰终不还。

◉

这首诗让我们不仅看到了边塞的壮丽景色，更感受到了将士们保卫国家的豪情。"不破楼兰终不还"运用了《汉书》中"斩楼兰"的典故，借指出征塞外杀敌立功，现在这句诗还经常被引用来表达坚定的决心。

高适：我是盛唐边塞诗的代表诗人

◇◇◇◇◇◇◇◇◇◇◇◇◇◇◇◇◇◇◇◇◇◇◇◇◇

高适（约 700—765）

唐代诗人，字达夫，一字仲武，渤海蓨（今河北景县）人，封渤海县侯，官至散骑常侍，世称高常侍，是唐代少有的凭军功封侯的诗人。他的诗歌与岑参齐名，并称“高岑”，两人同为盛唐边塞诗人的代表。高适擅长七言歌行，诗作深受时人赞誉。据唐代文学家殷璠所言，当时的官员与百姓都很欣赏高适的诗文，杜甫更是说当时没有几个才子能像高适一样。高适的诗歌大多描写边塞生活，以《燕歌行》最为知名。他的诗风雄浑悲壮，《沧浪诗话》评价其诗“读之使人感慨”。

◇◇◇◇◇◇◇◇◇◇◇◇◇◇◇◇◇◇◇◇◇◇◇◇◇

诗人故事

在你们的印象里，诗人大多是手无缚鸡之力的书生吧。我可不同，是个能上阵杀敌的诗人。五十岁之前，我可以说是一事无成，但最终我成功逆袭，从一介文人变成了驰骋战场的节度使。听上去是不是挺有传奇色彩的？

我小时候家境贫寒，我就去外地游历，帮家里减轻一些负担，有时候甚至还要乞讨，但我从来没有松懈过读书和练剑。我前往长安寻找机会，可长安的权贵们看重的不是文章或剑术，而是门第，我没有获得举荐。后来契丹背叛了大唐，我就前往边塞从军，希望能借此建功立业，可惜也没得到重用，我只能选择离开。这次从军虽然没能达到目的，但边塞的壮阔和士兵们的英勇，都深深地印在了我的心里。

从边塞回来后，我去长安参加科举，结果落榜了。落榜并没有给我带来过多的打击，但让我痛心的是，幽州将领张守珪在和奚人作战的时候，隐瞒败绩，谎称大获全胜。这件事令我非常愤怒，把心中的千言万语写在《燕歌行》中。唯一让人高兴的是，我遇到了你们熟悉的李白和杜甫，彼此志趣相投，结伴漫游，饮酒作诗，纵谈时事，好不痛快！我的科举之路总是一次次失败，但我仍然不放弃，在给朋友的赠别诗中写下了“莫愁前路无知己，天下谁人不识君”。这不仅是劝慰他，更是对我自己的鼓励。

年近半百，我终于在宰相张九龄的弟弟张九皋的举荐下，成为一名小官。可我向往着边塞的金戈铁马，毅然前往凉州，投身军旅。安史之乱爆发后的十几年里，我经历了起起落落，最终凭军功封侯。安史之乱被平定后，一切好像都恢复了正常。可我心里明白，大唐最繁盛的时光已经过去了。它和我一样，都在走向衰老。

燕歌行

汉家烟尘在东北，汉将辞家破残贼。
男儿本自重横行，天子非常赐颜色。
摐金伐鼓下榆关，旌旆逶迤碣石间。
校尉羽书飞瀚海，单于猎火照狼山。
山川萧条极边土，胡骑凭陵杂风雨。
战士军前半死生，美人帐下犹歌舞！
大漠穷秋塞草腓，孤城落日斗兵稀。
身当恩遇恒轻敌，力尽关山未解围。
铁衣远戍辛勤久，玉箸应啼别离后。
少妇城南欲断肠，征人蓟北空回首。
边庭飘飖那可度，绝域苍茫更何有！
杀气三时作阵云，寒声一夜传刁斗。
相看白刃血纷纷，死节从来岂顾勋？
君不见沙场征战苦，至今犹忆李将军！

·摐（chuāng）：敲击
·旌旆（jīngpèi）：旗帜
·逶迤（wēiyí）：形容弯弯曲曲延续不断的样子

知识卡片 高适边塞诗的“第一大篇”

这首著名的边塞诗是高适感伤时事之作。“燕歌行”本是乐府旧题，据说是曹丕所创，前人所作多为闺怨诗，用这个曲调描写边塞生活的诗人，高适是第一个。当时唐军两次战败，可守将却谎报军情说打了胜仗。

这首诗描写了一场战役的全过程。首句“汉家烟尘在东北”中，“汉家”代指唐朝，以汉代唐是唐诗中常见的表现手法，如著名的《长恨歌》开篇是“汉皇重色思倾国”，写的却是唐玄宗和杨贵妃的爱情故事。“校尉羽书飞瀚海”句中，“羽书”指的是紧急公文，“瀚海”指的是沙漠。接下来诗人描写了战斗的经过，“胡骑凭陵杂风雨”一句可以看出战况紧急，其中“凭陵”是侵凌、逼迫的意思。然而紧接着我们看到的却是“战士军前半死生，美人帐下犹歌舞”，士兵浴血奋战，将领却在欣赏歌舞，多么强烈而又残酷的对比！这两句诗感情沉厚深切，被后人称赞。

这首诗把战争场景用文字表现在我们眼前，是唐代边塞诗的代表作，被誉为高适的“第一大篇”，明代诗人邢昉在《唐风定》中评价它有“金戈铁马之声”。

别董大

千里黄云白日曛，
北风吹雁雪纷纷。
莫愁前路无知己，
天下谁人不识君？

知识卡片 豪放雄壮的送别诗

这是一首送别的名篇，大部分学者认为，诗题中的董大是当时著名的琴师董庭兰。

虽然诗人当时正处于穷困潦倒的境地，但这首赠别诗却没有凄凉哀婉的离情别绪，而是豪放雄壮，与王勃的“海内存知己，天涯若比邻”有异曲同工之妙。与王诗不同的是，高适的这首诗更为慷慨激昂，《而庵说唐诗》评价“此诗妙在粗豪”。殷璠则认为高适的诗大多直率地抒发自己的思想感情，很有气势。“千里黄云白日曛”句中，“黄云”就是乌云，“曛”指的是太阳落山时的昏暗景色。这首诗中充满了鼓舞人心的力量，“莫愁前路无知己，天下谁人不识君”更是流传千古的励志名句，如果你也要和好朋友分别，记得用这句诗来安慰他！

杜甫：我的诗被称为“诗史”

◇◇◇◇◇◇◇◇◇◇◇◇◇◇◇◇◇◇◇◇◇

杜甫（712—770）

唐代诗人，字子美，杜审言之孙，祖籍襄阳（今属湖北），其曾祖迁居河南巩县，自称少陵野老。曾任左拾遗、工部员外郎，世称杜拾遗、杜工部。杜甫是唐代著名的现实主义诗人，被后世誉为“诗圣”，与李白并称“李杜”。他的诗歌大多紧扣时事，揭露社会本质，展现人民疾苦，记录了安史之乱带来的社会动荡，反映了唐朝由强盛转向衰落的社会现实，被称为“诗史”。他的乐府诗影响了中唐诗人元稹、白居易发起的关注现实、针砭时弊的新乐府运动。他以律诗写时事，扩大了这一体裁的内容。七言律诗在他手中发展成熟。元稹对杜甫非常推崇，感慨“诗人以来，未有如子美者”，宋代的江西诗派更将他视为诗派之祖。

◇◇◇◇◇◇◇◇◇◇◇◇◇◇◇◇◇◇◇◇◇

诗人故事

我是你们熟悉的诗人杜甫，也知道自己受到你们的诸多赞誉，但其实我只是一个历经过各种生活苦难的普通人。我的祖父杜审言是有名的诗人，父亲也是朝廷官员。年轻时的我像当时的很多读书人一样，四处游历，增长见闻，对未来充满期待。还记得登泰山的时候，眼前壮丽的景象令我震撼，于是我写下了《望岳》这首诗，表达心中的壮志豪情。我在漫游时结识了李白，我们志趣相投，很快成了好友，一同求仙问道，谈诗论文。

为实现报国之志，我去长安参加科举，没想到却遇到了一场闹剧。那一年的科举被权相李林甫把持，参加考试的士子无一被录取。我在长安滞留了近十年，过着贫困的生活，也想过回乡隐居，却始终放不下心中的志向。后来我献给皇帝的辞赋终于得到了赞赏，苦等几年后，当上了个小官。但没想到的是，我回家探亲时竟听到了小儿子饿死的噩耗！悲痛之余，我开始思考，是什么导致了这不幸发生，而千千万万的百姓中，又有多少人过着同样悲惨的生活。“朱门酒肉臭，路有冻死骨”，我写下了对朝政腐败的不满，更写下了对国家的担忧。

安史之乱发生后，我在投奔新帝的路上被叛军俘虏，押回长安。那里完全变了模样，无数百姓在战乱中挣扎求生。冒死逃脱后，我终于见到了新帝，被任命为左拾遗。但很快，我因为替人求情触怒了皇帝而被贬官，没过多久，我为避战乱而辞官，开始带着家人逃难。一路上，我见到了许多在苦难中挣扎的百姓，于是创作了大量诗歌来记录所见到的、所经历的、所思考的一切，比如你们所说的“三吏”“三别”。你们如果读到这几首诗，定能感受到当时百姓遭受的战乱之苦！后来，在友人的帮助下，我在四川过了几年安定的日子，心情放松下来，写的诗也变得明快了许多。可惜安定总不能长久，我再度踏上漂泊之旅。

回顾我的一生，颠沛流离难以言表，只能用诗歌为自己而哭，为百姓而哭，为大唐而哭！

登高

风急天高猿啸哀，
渚清沙白鸟飞回。
无边落木萧萧下，
不尽长江滚滚来。
万里悲秋常作客，
百年多病独登台。
艰难苦恨繁霜鬓，
潦倒新停浊酒杯。

知识卡片

备受赞誉的七律诗代表作

这首著名的登高抒怀诗是杜甫晚年在夔州（今重庆奉节）所作，当时他正处于生活困窘、疾病缠身的境地。

“渚清沙白鸟飞回” 句中，“渚”指的是水中的小块陆地，“回”是回旋的意思。这首诗的前四句以凝练的语言描写了秋天的江景，景中有情。后四句写出诗人登高的感触，即景抒怀。“艰难苦恨繁霜鬓”句中，“艰难”既指个人的困苦，也指时局艰难，“繁”是增多的意思。“潦倒新停浊酒杯”句中，“新停”指的是当时诗人因肺病而戒酒。自古以来，秋天就常与悲情联系在一起，诗人不仅为景色而悲，为自己而悲，更为时局而悲。

这首诗历来广受赞誉，清代诗人杨伦在《杜诗镜铨》中评价它“高浑一气，古今独步”，称其为“杜甫七言律诗第一”，其中“无边落木萧萧下，不尽长江滚滚来”被赞为“句中化境”，给读者带来了文字之外的广阔想象空间。胡应麟更是对这首诗推崇备至，称其为“旷代之作”“古今七言律第一”。

茅屋为秋风所破歌

八月秋高风怒号，卷我屋上三重茅。
茅飞渡江洒江郊，高者挂罥长林梢，
下者飘转沉塘坳。
南村群童欺我老无力，忍能对面为盗贼。
公然抱茅入竹去，唇焦口燥呼不得，
归来倚杖自叹息。
俄顷风定云墨色，秋天漠漠向昏黑。
布衾多年冷似铁，娇儿恶卧踏里裂。
床头屋漏无干处，雨脚如麻未断绝。
自经丧乱少睡眠，长夜沾湿何由彻！
安得广厦千万间，大庇天下寒士俱欢颜，
风雨不动安如山！
呜呼！何时眼前突兀见此屋，
吾庐独破受冻死亦足！

·罥（juàn）：挂

知识卡片 从风卷茅屋想到天下士人

乐府诗这种体裁历来受到诗家喜爱，汉魏乐府大多与人们的日常生活紧密相关，其创作特点是“感于哀乐，缘事而发”（《汉书·艺文志》），就是说诗歌创作应该源于现实中的悲伤和快乐，根据具体的事件发出感慨。杜甫继承发扬了这种理念，创造了“即事名篇”的新题乐府形式，即根据事件有感而发写诗，按照所写之事命题，而不受诗歌体裁、内容等限制。这种创作形式受到了后世韩愈、白居易、苏轼、陆游等许多大诗人的推崇。

杜甫晚年生活困窘，唐肃宗乾元三年（760），在亲友的帮助下，杜甫在成都浣花溪边盖了一座茅屋。不料这一年的秋天，大风把茅屋刮破了，大雨接踵而至，诗人即事写下了这首诗。

诗人希望天下贫寒的读书人都能拥有风雨不动的房屋，哪怕自己冻死也心甘情愿。这是多么高尚的思想情操！清代诗人邵长蘅评价这首诗“以朴胜，遂开宋派”，点出它对后来的诗歌创作产生的重要影响。

石壕吏

暮投石壕村，有吏夜捉人。
老翁逾墙走，老妇出门看。
吏呼一何怒！妇啼一何苦！
听妇前致词："三男邺城戍。
一男附书至，二男新战死。
存者且偷生，死者长已矣！
室中更无人，惟有乳下孙。
有孙母未去，出入无完裙。
老妪力虽衰，请从吏夜归。
急应河阳役，犹得备晨炊。"
夜久语声绝，如闻泣幽咽。
天明登前途，独与老翁别。

知 识 卡 片 如何用诗歌来反映历史？

这首著名的叙事诗是杜甫五言古诗代表作"三吏""三别"中的一首。诗题中的"石壕"是村名，"吏"指的是征兵的差役。当时正逢安史之乱，官军大败，不得不退守并想方设法补充兵力。为了防备百姓逃走，官吏多在夜里捉人充军。"暮投石壕村"句中，"投"是投宿的意思。"惟有乳下孙"句中，"乳下孙"指正在吃奶的孙子。"有孙母未去"句中，"去"是离开的意思。全诗运用通俗易懂的语言，描写了老妇人一家因战争而家破人亡的悲惨遭遇。

在杜甫之前，虽然也有诗人自创乐府新题，如曹植的《白马篇》，但在内容上并没有大的突破，多是对自身的感叹。杜甫是第一个用乐府新题写时事的诗人，启发了中唐白居易、元稹等人发起新乐府运动，也影响了中晚唐李商隐的讽喻诗。

这首诗展现了当时普通百姓的真实生活，在叙事中夹杂抒情和议论，既是诗歌，也是对当时社会现实的记述，成为现实主义诗歌的代表。后世把杜甫的这类诗歌称为"诗史"。

绝句四首（其三）

两个黄鹂鸣翠柳，一行白鹭上青天。
窗含西岭千秋雪，门泊东吴万里船。

◉

安史之乱时期，杜甫举家避乱入蜀，在亲友的帮助下，于成都西郊浣花溪畔修筑了一间草堂，在那里度过了几年较为舒适的时光。这组绝句就写于杜甫在草堂居住的时期。这首诗描写了成都的秀丽风光。“西岭”指成都西部的岷山，它的山顶终年积雪。这首诗并没有题目，“绝句”只是诗的体裁，有学者认为，杜甫兴之所至写下这首诗，“任性”地不起题目，可见他作诗时的心情非常愉快悠闲。

江畔独步寻花七绝句（其六）

黄四娘家花满蹊，千朵万朵压枝低。
留连戏蝶时时舞，自在娇莺恰恰啼。

◉

这首诗的写作时间没有定论，有说法认为写于唐肃宗上元元年（760），也有说法认为写于上元二年（761），但总之这首诗写于杜甫居住在成都草堂时期。诗人独自沿江散步，走到黄四娘家赏花，兴之所至，写下了一组绝句。

闻官军收河南河北

剑外忽传收蓟北，初闻涕泪满衣裳。
却看妻子愁何在？漫卷诗书喜欲狂。
白日放歌须纵酒，青春作伴好还乡。
即从巴峡穿巫峡，便下襄阳向洛阳。

◉

蓟北是安史叛军的据点，广德元年（763），杜甫身在“剑外”（剑阁以南），听到了唐军收复蓟北，安史之乱得以平定的好消息，狂喜之余写下了这首诗。从诗句中我们得知，诗人先是“涕泪满衣裳”，后来才转为“喜欲狂”。尾联更是连用“巴峡”“巫峡”“襄阳”“洛阳”四个地名，形成工整的对偶，使用“即从”“便下”表示在相距遥远的各地之间飞快穿行，可见诗人心头涌动的快乐。后代诗论家蒲起龙称赞这首诗是杜甫“生平第一首快诗”。相信读到这首诗的你，也一定会被杜甫的兴奋所感染。

春夜喜雨

好雨知时节，当春乃发生。
随风潜入夜，润物细无声。
野径云俱黑，江船火独明。
晓看红湿处，花重锦官城。

◉

上元二年（761）的一个春夜，成都下起了淅淅沥沥的雨，杜甫伴着雨声，在草堂写下了这首诗。“好雨知时节”句运用拟人的手法，写出雨知道时节是春天，便来到人间，滋润万物。“锦官城”就是成都。成都盛产织锦，朝廷甚至派驻了专门管理织锦的官员，成都因此得名锦官城。

江南逢李龟年

岐王宅里寻常见，
崔九堂前几度闻。
正是江南好风景，
落花时节又逢君。

◉

大历五年（770）的春天，杜甫在潭州（治今湖南长沙）遇到了著名歌手李龟年。少年时，杜甫曾经在洛阳听李龟年唱歌，这次阔别多年后的相逢，令杜甫十分感慨，于是他写了这首诗。诗中的“岐王”指唐睿宗的第四子李范，“崔九”是唐玄宗的宠臣，杜甫当年曾在他们的府上听李龟年演唱。

望岳

· 眦（zì）：眼眶

岱宗夫如何？齐鲁青未了。
造化钟神秀，阴阳割昏晓。
荡胸生层云，决眦入归鸟。
会当凌绝顶，一览众山小。

◉

开元二十八年（740），杜甫在东岳泰山游玩，诗中的“岱宗”指的就是泰山。诗人在最后说他一定要登顶泰山，在那里俯视群山，可见当时还不到三十岁的杜甫，是多么意气风发！“一览众山小”化用了《孟子·尽心上》中的“登泰山而小天下”。

春望

国破山河在，城春草木深。
感时花溅泪，恨别鸟惊心。
烽火连三月，家书抵万金。
白头搔更短，浑欲不胜簪。

◉

因为安史之乱，杜甫被困在长安，至德二载（757）三月，面对沦陷后凄凉的长安城，他写下了这首诗。这一年，从正月到三月，太原、河东等地战争不断，所以杜甫在诗中写到“烽火连三月”。

月夜忆舍弟

戍鼓断人行，边秋一雁声。
露从今夜白，月是故乡明。
有弟皆分散，无家问死生。
寄书长不达，况乃未休兵。

◉

乾元二年（759）秋天的一个夜晚，身在秦州（治今甘肃静宁）的杜甫，望着天上的月亮思念起弟弟们，自从天宝五载（746）离开家乡，杜甫就很少听到他们的消息了，于是写下了这首诗。“露从今夜白，月是故乡明”是表达思乡之情的名句。

· 坼（chè）：裂开

登岳阳楼

昔闻洞庭水，今上岳阳楼。
吴楚东南坼，乾坤日夜浮。
亲朋无一字，老病有孤舟。
戎马关山北，凭轩涕泗流。

◉

岳阳楼在洞庭湖畔，许多诗人都曾在此赏景写诗。这首诗是大历三年（768）杜甫登上岳阳楼时所写。此时的杜甫，正经历着国家与个人的双重苦难：吐蕃军队正入侵唐朝西北地区，而杜甫本人则身患疾病。

旅夜书怀

细草微风岸，危樯独夜舟。
星垂平野阔，月涌大江流。
名岂文章著，官应老病休。
飘飘何所似，天地一沙鸥。

◉

永泰元年（765）五月，因为好友严武去世，杜甫失去了庇护，只能离开成都草堂，继续漂泊。他在乘船东行时写下了这首诗。“星垂平野阔，月涌大江流”描写了星月照耀下广阔的平野和奔涌的江水，字面上读起来开阔壮丽，但实际上，诗人采用了“乐景写哀情”的手法，后面直言漂泊的自己就像天地间的沙鸥，可见这是他因自己的不幸遭遇而伤感。

阁夜

岁暮阴阳催短景，天涯霜雪霁寒宵。
五更鼓角声悲壮，三峡星河影动摇。
野哭千家闻战伐，夷歌几处起渔樵。
卧龙跃马终黄土，人事音书漫寂寥。

◉

这首诗写于大历元年（766）的冬天，此时杜甫正身处夔州。这天，五更时分，诗人听到悲壮的更鼓声与号角声，这说明诗人居住的附近有军队驻扎。“卧龙”指的是三国时期的蜀丞相诸葛亮，“跃马”指的是西汉末年在蜀地称帝的公孙述，唐时在夔州有供奉他们的庙。

蜀相

丞相祠堂何处寻？锦官城外柏森森。
映阶碧草自春色，隔叶黄鹂空好音。
三顾频烦天下计，两朝开济老臣心。
出师未捷身先死，长使英雄泪满襟。

◉

蜀相是三国时期的诸葛亮，诗中的“丞相祠堂”就是成都武侯祠，是纪念诸葛亮的祠堂，当时位于成都城的南门外。上元元年（760）诗人写下这首诗时，他正在成都武侯祠凭吊诸葛亮。

客至

· 盘飧（pánsūn）：盘子中的食物
· 醅（pēi）：没有过滤的酒

舍南舍北皆春水，但见群鸥日日来。
花径不曾缘客扫，蓬门今始为君开。
盘飧市远无兼味，樽酒家贫只旧醅。
肯与邻翁相对饮，隔篱呼取尽馀杯。

◉

这首诗是上元二年（761）杜甫住在成都草堂时写的，当时县令来草堂做客，所以诗题叫《客至》。“但见群鸥日日来”一句是对江边景色的描写，化用了《列子》中“海上沤鸟”的典故，“肯与邻翁相对饮”句中，“肯”是能否允许的意思，诗人喝酒起了兴致，询问来客是否愿意叫邻家的老翁一起饮酒。

岑参：我的边塞诗充满奇思妙想

◇◇◇◇◇◇◇◇◇◇◇◇◇◇◇◇◇◇◇◇◇

岑参（约715—770）

唐代诗人，江陵（今属湖北荆州）人，曾任嘉州刺史，世称岑嘉州。他和高适都是盛唐边塞诗人的代表，并称“高岑”。岑参擅长七言歌行，曾从军十多年，是盛唐创作边塞诗最多，成就最高的诗人。他的诗歌多描写边塞风光和军旅生涯，《河岳英灵集》评价他的诗“语奇体峻，意亦造奇”。陆游对他十分推崇，称赞他的笔力超过了李白和杜甫。岑参还擅长五言山水诗，胡应麟在《诗薮》中评价他的五言古诗“清新奇逸，大是俊才”。

◇◇◇◇◇◇◇◇◇◇◇◇◇◇◇◇◇◇◇◇◇

诗人故事

我叫岑参，你们是不是觉得我的姓比较少见，读起来也有些拗口？但岑这个姓却代表着一个很了不起的家族，我的祖上曾经出过三个宰相！但我出生的时候，家道已经中落了。

在我生活的时代，大唐的边疆不太安稳，经常发生战争。不过因为国力强盛，大部分战争都能获得胜利。朝廷也鼓励文人学士们从军，以军功入仕。当时很多诗人都写边塞诗，每每读到，都令我心潮澎湃。但起初我并没有想从军，觉得征战沙场并不是文人的最佳选择。没想到的是，我今后的人生与边塞结下了不解之缘。

考中进士后，我守选二年，终于被授官兵曹参军。想通过这样的职位振兴家业是不可能的，最终我决定去边塞从军，建立一番功业。恰好当时的大将高仙芝入朝，我就加入了他的幕府，跟随他来到边塞，负责处理文书。几年后，高仙芝兵败，我只好又回到了长安。好在我遇到了赏识自己的官员，跟随他再次出塞。这次我有了施展才华的空间，边塞的景色在我眼中也变得不同了。在这期间，我写了很多边塞诗，赞叹边塞风光的奇美壮丽。

可好景不长，安禄山的叛乱让一切都成了泡影，大唐帝国被搅得天翻地覆，我的两位上司也受到了牵连。我只能像好友杜甫一样，去投奔刚登基的新帝。皇帝封我做谏官，我和杜甫、王维成了同事，彼此多有唱和之作。此后的几年里，我的仕途几经反复，历经了贬官、罢官，最后在旅途中病倒在了成都。

回首过往，边塞的热血已经远去，故乡的草木却深深印在心里，我最大的遗憾，就是无法叶落归根。

白雪歌送武判官归京

北风卷地白草折，胡天八月即飞雪。
忽如一夜春风来，千树万树梨花开。
散入珠帘湿罗幕，狐裘不暖锦衾薄。
将军角弓不得控，都护铁衣冷难着。
瀚海阑干百丈冰，愁云惨淡万里凝。
中军置酒饮归客，胡琴琵琶与羌笛。
纷纷暮雪下辕门，风掣红旗冻不翻。
轮台东门送君去，去时雪满天山路。
山回路转不见君，雪上空留马行处。

知识卡片　充满奇情妙思的塞外送别诗

这是一首著名的边塞咏雪送别诗。“雪”的意象早在《诗经》中就已出现，《采薇》中写道：“今我来思，雨雪霏霏”，但这里的“雪”并不是吟诵的对象，只是一种自然现象。到了唐代，“雪”的意象寄托的思想与情感都大大超越了从前。

这首诗是岑参第二次出塞时所作，描写了边塞八月飞雪的壮丽景色。“忽如一夜春风来，千树万树梨花开”是咏雪的名句，清代诗论家方东树评价此诗有“奇气奇情”。用梨花来咏雪，诗人的想法果然奇妙！诗人通过飞雪打湿帐幕、被子单薄、将士拉不开弓穿不上盔甲这些日常场景来表现天气的寒冷，侧面描写了将士们在这种严酷的环境中仍然坚持训练。边塞的雪景是那样壮丽，践行的宴席是那样盛大，“风掣红旗冻不翻”句中，“掣”是拉扯、拽动的意思，“翻”是舒展飘拂的意思，白雪中被冻住的红旗如此醒目，既体现了天气的寒冷，也表示了将士们的不屈。送别诗大多或充满伤感愁情，或寄言友人，而这首诗却以雪贯穿全篇，充满奇情妙思，受到历代诗家赞誉。

拓展阅读

行军九日思长安故园

强欲登高去，无人送酒来。
遥怜故园菊，应傍战场开。

◉

古人有重阳节登高饮菊花酒的风俗。这首诗虽然以重阳节为主题，却并没有写平常的思乡之情。安史之乱发生后，诗人的“故园”长安被叛军占领，因此他在诗中写下了对早日平复叛乱的期待，以及对饱经战乱的百姓的同情。

逢入京使

故园东望路漫漫，双袖龙钟泪不干。
马上相逢无纸笔，凭君传语报平安。

◉

诗人在第一次前往边塞的路上遇到了返回长安的使者，便托使者往家中带个口信。此时的诗人虽有着建功立业的雄心壮志，却也忍不住思念亲人，两种情感交织在一起，分外感人。

寒山：我是个写白话诗的僧人

◇◇◇◇◇◇◇◇◇◇◇◇◇◇◇◇◇◇◇◇◇◇◇◇◇

寒山（生卒年不详）

唐代诗僧，姓名、生卒年均不详，为大历（766—779）时人。隐居在始丰（今浙江天台）寒岩，自号寒山子。寒山的诗歌除了宣扬佛教思想外，大多描写山水隐逸的乐趣，也有部分诗作揭露社会黑暗，讥讽世态。他的诗歌接近口语，通俗诙谐，是唐代少有的白话诗人，但因为与唐代诗坛追求典雅的风气格格不入，当时并不被人重视。二十世纪以来，他的诗歌深受日本学者的推崇，在美国也很流行，近年来在国内的知名度也逐渐上升。寒山的诗有三百多首传世，后人整理收集为《寒山子诗集》。

◇◇◇◇◇◇◇◇◇◇◇◇◇◇◇◇◇◇◇◇◇◇◇◇◇

诗人故事

寒山并不是我的名字，而是我的号。我的姓名、籍贯，甚至出生年月，对你们来说都已经是个谜了。不过这有什么关系呢？你们能记住一千多年前，有个会写诗的僧人寒山，就足够了。

三十岁以前，我像当时大部分文人一样，苦读诗书，娶妻生子，参加科举，求取功名。可我落榜了，因为我不愿意按照格律去作诗。更荒唐的是，当时想要做官，除了文章和书法写得好之外，对身材和相貌还有要求。我相貌平平，在科举上屡战屡败，没有脸面回乡，就滞留在京城，花光了身上的钱。兄弟责怪我，妻子埋怨我，我既求不到前程，也失去了亲情，索性四处流浪，找一个清静的世外桃源。后来我隐居在寒岩，交到了丰干和拾得这两个朋友，人们称我们为“国清三隐”。

我居住在半山的洞穴里，远离世间纷扰，只有属于自己内心的宁静。因为我戴着桦树皮做的帽子，穿着破衣服，还喜欢自言自语，人们都说我装疯卖傻，叫我“贫子”。对于这些，我都一笑了之。世间多疾苦，何必在意太多。我仍然喜欢作诗，并依然不按照格律去写，我只想作最简单直白的诗，每次想到诗句就写在石头上或者树上。寒岩的景色、出世的心情，以及世态炎凉和人生感悟，都被我写在诗中。以前想起自己的经历，我还会发几句牢骚，但现在我的诗里更多的是平静。我明白了正是因为经历了从前的一切，才有了今天的我。虽然只能靠着寺里的残羹冷炙为生，但我并不觉得辛苦，反而感到十分自在。

平静的日子总是不长久，有官员来寺中寻访贤才，丰干提起了我和拾得。为了避免麻烦，我俩一起离开了寒岩，在苏州的一所寺庙里住了很长时间。后来那里因为我而改名为寒山寺，对从未正式剃度的我来说，这也算是一种荣耀了。有人说我是仙人或菩萨的化身，但我只是个爱作诗的普通人，如果有人能喜欢我的诗，我就更欣慰了。

杳杳寒山道

杳杳寒山道，落落冷涧滨。
啾啾常有鸟，寂寂更无人。
淅淅风吹面，纷纷雪积身。
朝朝不见日，岁岁不知春。

知识卡片 诗僧的山林逸趣

这首写景诗是寒山在寒岩隐居时所作的。僧侣作诗的传统是从魏晋时期开始的，唐代佛教盛行，一些受过良好教育的世家子弟和失意文人因不同原因出家，导致僧人诗作明显增多。有些诗僧还常与文人墨客酬唱，并受到官府或权贵的礼遇。僧诗的风格大致分为两种，一种典雅清丽，一种通俗直白，寒山的诗就属于后者。胡适认为他是七世纪中后期出现的“三五个白话大诗人”之一。寒山的诗风对后来的很多诗人都产生了影响，比如白居易、王安石、苏轼和陆游。

寒山的写景诗风格幽冷，这首诗就是其中的代表。诗题中的“杳杳”是幽暗深远的意思，告诉我们这首诗写的是诗人在山路上看到的景色。“落落冷涧滨”句中，“落落”形容疏落寂静的样子。“淅淅风吹面”句中，“淅淅”是象声词，指风声。顾炎武曾说“诗用叠字最难”，这首诗每一句的句首都运用了叠字，有一种特别的节奏美感。

张志和：我的五首词推动了日本的填词发展

◇◇◇◇◇◇◇◇◇◇◇◇◇◇◇◇◇◇◇◇◇◇◇◇◇

张志和（生卒年不详）

唐代诗人，字子同，初名龟龄，号玄真子，隐居后自号烟波钓徒，婺州金华（今属浙江）人。张志和多才多艺，歌词书画俱佳，擅长击鼓和吹笛，与书法家颜真卿和“茶圣”陆羽是好友。他是唐代最早填词且成就较高的词人之一，其词作多描写隐居生活，现已散佚，仅存五首《渔父》。《渔父》词是我国早期文人词的代表作，对词的发展产生了巨大的影响。张志和的词作在唐代就流传到日本，被竞相模仿。

◇◇◇◇◇◇◇◇◇◇◇◇◇◇◇◇◇◇◇◇◇◇◇◇◇

诗人故事

许多人读书就是为了做官，但我张志和却只想离开这个纷扰的官场，浪迹江湖，遁世隐居。

小时候，大家都说我是神童，我跟随父亲在翰林院游玩时，翰林院的学士用文章考我，我看过一遍就能背诵了。皇帝听说这件事后亲自出题，也没能难住我。我十六岁就明经及第，仕途也称得上顺风顺水，不但被赐名“志和”，更是在唐肃宗登基后接连升官。

可是人生并不都是一帆风顺的。皇帝为了收复被叛军占领的长安而向回纥借兵，答应了对方提出的苛刻条件，我极力劝谏，触怒了皇帝，遭到贬官。还没等我从沮丧中回过神来，父母又接连离世。这样沉重的打击让我心灰意冷，就以守丧为由离开了官场。可孝期刚结束，我的妻子又过世了。一连串的事情磨平了我的斗志和冲劲，我再也不想踏入官场，只想找到一片净土。

我四处漫游，最后隐居在湖州的西塞山。我常常泛舟湖上，一边钓鱼一边喝酒，尽兴了就作画、吹笛、写词。我钓鱼从不用鱼饵，钓的也不是鱼，而是烟波，是自在，所以我自称“烟波钓徒”。不过，隐居并不意味着与世隔绝，我结识了同样在附近隐居的陆羽和诗僧皎然，还和书法家颜真卿成了好友。受到父亲的影响，我对道家思想很感兴趣，还将心得记录下来，写成了《玄真子》一书。后来我的哥哥在会稽修筑了茅斋，写词劝我回家。我听从了哥哥的安排，毕竟家人是我永远放不下的牵挂。

回去后，我的生活也没有什么改变。我对华服美食这些外物都不感兴趣，一件粗布衣衫就可以穿上十年。我继续编撰书籍，闲暇时就去河边无饵钓鱼，早已忘却了朝堂的烦扰和浮世的喧嚣，在山水和平淡的生活中找到了最真实的自己。

渔父五首（其一）

西塞山前白鹭飞，桃花流水鳜鱼肥。
青箬笠，绿蓑衣，斜风细雨不须归。

知识卡片 引发诸多唱和的最早的《渔父》词

这是一首著名的文人词，也是最早、最有名的以“渔父”为主题的词。渔父是古代诗文中经常出现的形象，在《庄子》和《楚辞》中都曾出现，蕴含了古代文人的隐逸情结。《渔父》原是曲调名，后来人们也用来填词。

这首词描绘了诗人渔钓时的景象。“箬笠”是用箬叶和竹篾编的斗笠，“蓑衣”是用草或棕麻编成的雨衣，“不须”是用不着的意思。整首词用生动的语言描绘了一幅渔翁捕鱼的画面，充满自由淡泊的意味。它在唐代就有不少唱和之作，存留至今的有十五首。后世的李煜、苏轼、陆游等诗词名家都对它推崇备至，黄庭坚赞其“有远韵”，清代学者刘熙载更是称赞它“风流千古”。这首词传到日本后，深受嵯峨天皇的喜爱，天皇还仿写了五首词，推动了填词在日本的发展。

韦应物：我的五言古诗可以和王维比肩

◇◇◇◇◇◇◇◇◇◇◇◇◇◇◇◇◇◇◇◇◇◇◇◇◇

韦应物（约 737—约 791）

唐代诗人，字义博，京兆万年（今陕西西安）人，曾任江州刺史、左司郎中、苏州刺史，世称韦江州、韦左司或韦苏州。韦应物生活在唐朝由盛转衰的过渡时期，他对诗歌的发展也做出了承前启后的贡献，与王维、孟浩然、柳宗元并称“王孟韦柳”。他的诗歌多描写山水田园风光，安史之乱后的部分作品反映了社会现实。他擅长各种诗歌体裁，以五言诗成就最高，受到白居易的推崇，称赞他“高雅闲淡，自成一家之体”。南宋诗论家张戒在《岁寒堂诗话》中将韦应物和王维并称为“五言之宗匠”。

◇◇◇◇◇◇◇◇◇◇◇◇◇◇◇◇◇◇◇◇◇◇◇◇◇

诗人故事

我出身于豪门大族，从小就不爱读书，反而喜欢舞刀弄枪。十几岁时，我就凭借门第出身被选为唐玄宗的千牛备身，也就是皇帝的侍卫。有了皇帝当靠山，我行事肆意妄为，仗势欺人，横行乡里。乡亲们都对我避之不及，就连官府也拿我没办法。成年后我想起当初的所作所为就觉得丢脸，可那时候的我却认为自己很有威望，还扬扬得意呢。

我本以为自己可以一辈子这样逍遥自在，可安史之乱却将这一切破坏殆尽。皇帝出逃，我丢掉了职位，家族也被叛军洗劫。虽然侥幸保全了性命，却流落街头，受尽冷眼。饿肚子的滋味太难受了，更令我痛心的是，我发现没人为我撑腰，我自己竟是这么微不足道！我立志读书，从书中学到了很多东西，既看到了朝代的兴衰更替，更看到了责任与担当。我把自己对时局变动的观察和思考都写在了诗中。

安史之乱终于被平定了，我被派到洛阳做官。可一代名城早已不是记忆中的繁华景象，我看着眼前的残砖断瓦和流离失所的百姓，心里十分痛惜。接下来的三十年里，我去了十几个地方当官，经历了贬官、调任等坎坷，心境变得愈发平静。与其追求浮躁的繁华，不如平心静气地欣赏真实的世间。闲居的时候，我就四处走走，赏景写诗。我还写过很多首悼亡诗，怀念我那早早过世的妻子。

各地的风景不尽相同，但百姓却同样困苦。我一直努力做事，唯恐辜负朝廷的俸禄，更怕辜负百姓的信任。后来我在苏州刺史的任期满了，没有得到新的任命，也凑不齐回京城候选的路费，只能寄居在苏州的寺庙。虽然一贫如洗，可我无愧于百姓，也足以自慰了。

滁州西涧

独怜幽草涧边生，
上有黄鹂深树鸣。
春潮带雨晚来急，
野渡无人舟自横。

知识卡片 中唐山水诗的典范

这首著名的山水诗是韦应物任滁州刺史时所作。安史之乱改变了韦应物的人生，他生活清贫，却常能在平常的生活中发现不寻常的美。这首诗中的幽草、黄鹂、春潮、野渡、小舟等都是常见的景物，但在诗人眼中它们却有着独特的清幽宁静。

“春潮带雨晚来急，野渡无人舟自横”二句中，“野渡”指的是郊野的渡口，“横”形容随意漂浮的样子。这两句诗以潮水和雨水的“急”衬托了渡口的宁静，深受后世称赞，你们是不是也觉得诗中的景致很美呢？

韦应物的山水诗上承魏晋南北朝时期的陶渊明、谢灵运、谢朓和唐代的王维、孟浩然，下启大历十才子，影响了包括白居易、柳宗元和李贺在内的诸多诗人。关于这首诗是否寄托了诗人的政治情感，历来有很多争论，但这并不影响人们对它的喜爱。明代诗人敖英的《唐诗绝句类选》评价这首诗“沉密中寓意闲雅”，清代宋顾乐也称赞它“写景清切，悠然意远，绝唱也”，都对它所体现的闲适清雅的意境评价很高。

孟郊：推崇苦吟的我被称为“诗囚”

◇◇◇◇◇◇◇◇◇◇◇◇◇◇◇◇◇◇◇◇◇◇◇◇◇◇◇◇

孟郊（751—814）

中唐诗人，字东野，湖州武康（今浙江德清）人。孟郊一生穷困潦倒，人称“寒酸孟夫子”。他的诗歌多为感伤自身遭遇或民生疾苦之作，常用悲寒愁苦之语，但内容略显狭隘。他善作五言古诗，风格奇特险怪。孟郊作诗特别注意锤炼语言和意境，反复吟咏，苦心推敲，开中唐苦吟之风，仿佛被诗所囚，人称“诗囚”。苏轼称其“诗从肺腑出，出则愁肺腑”，将他和同为苦吟诗人的贾岛并称为“郊寒岛瘦”，指出二人的诗歌意境清寒瘦硬，不够开朗。不过同时代的韩愈却非常推崇孟郊的诗，后世将二人并称“韩孟”。

◇◇◇◇◇◇◇◇◇◇◇◇◇◇◇◇◇◇◇◇◇◇◇◇◇◇◇◇

诗人故事

在大多数人的一生中，或多或少，或长或短，总会有一些高光时刻。不过仍然有少数人穷尽一生都在苦难的泥沼里挣扎，比如我孟郊。

在我的记忆中，人生从一开始就是艰难的。我十岁时丧父，本就不富裕的家庭生活变得更加困苦。也许是从那时候起，我的性格就变得有些孤僻忧郁，不喜欢与人交往，更习惯于独自写诗，这是我与自己和世间沟通的方式。

据说从前的大唐无比繁华，但我走遍各地，看到的却是满目疮痍。那场可怕的安史之乱带走了繁盛的大唐，留下的只有在水深火热中苦苦求生的百姓。我用诗歌记录下这些苦难，希望后世的人能看到。后来，我带着母亲的期待去长安参加科举，但是两次落榜。不过在那时，我与韩愈一见如故，他不但写诗宽慰我，还在各种场合向人推荐我的诗。

可我还是感到非常痛苦，连睡觉都经常做噩梦，觉得愧对母亲，没脸回乡，还写了些落第诗发牢骚。但我并没有放弃，而是选择了坚持。四十五岁时，我第三次参加科举，终于中了进士。我被巨大的喜悦淹没，提笔一挥而就，写了《登科后》这首诗。可到了五十岁，我才被授予官职，官位卑微不说，还是个我难以胜任的武职，这让我十分痛苦，只能经常去郊外的湖边赏景写诗。让我高兴的是，我终于能把母亲接到身边照顾。这些年我尝遍了世态炎凉，更加珍惜亲情的可贵，于是写下《游子吟》来感谢母亲。后来，县令找了别人来代替我工作，还扣了我一半的俸禄，我就辞了官。在朋友的帮助下，我在洛阳过上了短暂的安定日子，可没想到后来我的人生遭受了更沉重的打击！三个孩子相继夭折，令我痛不欲生，母亲的离世更是让我万念俱灰。短短几年的时间，除了妻子，我身边再无一个亲人。在这深深的绝望中，我写下的那些诗，字字句句都是我的伤心泪啊！

登科后

昔日龌龊不足夸，今朝放荡思无涯。
春风得意马蹄疾，一日看尽长安花。

知识卡片 这首诗开启了科场诗的创作

这首著名的登科诗，写在孟郊四十五岁进士及第之时。唐代的进士考试按甲乙二科取士，考中就叫“登科”。孟郊这首诗被认为是开科场诗先河之作。孟郊的诗大多思苦奇涩，而这首诗却罕见地节奏轻快，表达了喜悦之情。

前两句中，“龌龊”指处境局促、不如意，“放荡”是自由自在、不受拘束的意思，“思无涯”则指兴致高涨。诗人终于如愿以偿考中进士，觉得自己多年的穷困潦倒都不算什么了，锦绣前程就在眼前。后两句表达了诗人的喜悦与得意，深受人们喜爱，还衍生了“春风得意”和“走马观花”两个成语。如果你们遇到高兴的事情，就可以用“春风得意”来表达自己的喜悦心情。“走马观花”在诗中指得意、愉快的心情，现比喻观察事物或了解情况不够深入细致。对待学习可不能走马观花哟！

拓展阅读

游子吟

慈母手中线，游子身上衣。
临行密密缝，意恐迟迟归。
谁言寸草心，报得三春晖。

◉

孟郊被授官溧阳县尉后，打算回家接老母亲到身边奉养。回家的路上，他想起自己以前出门时母亲为他缝制衣服的情景，便写下这首诗。现在，这已经是歌颂母爱的名诗了。

劝学

击石乃有火，不击元无烟。
人学始知道，不学非自然。
万事须己运，他得非我贤。
青春须早为，岂能长少年。

◉

在这首诗中，孟郊不仅向我们阐明了学习的重要性，还告诉我们要多多实践学到的知识，这样才能把知识真正内化为自己的东西。

韩愈：我提倡“以文为师”，发起了古文运动

◇◇◇◇◇◇◇◇◇◇◇◇◇◇◇◇◇◇◇◇◇

韩愈（768—824）

中唐文学家、哲学家、诗人，字退之，河南河阳（今河南孟州南）人，自称郡望昌黎，曾任吏部侍郎，世称韩昌黎或韩吏部，因谥号为“文”，又被称为韩文公。作品收录在《昌黎先生集》中。韩愈推崇儒学，反对六朝以来浮华绮靡的文风，提倡质朴的散文，与柳宗元共同倡导了古文运动，并称“韩柳”，被后人尊为“唐宋八大家”之首。他倡导“以文为诗”，即用写文章的方法来写诗，注重叙事议论。他的一些诗长短句错落，不受韵律节奏的制约，成为“唐诗之一大变”（《原诗》），对后来的诗歌尤其是宋诗，有很大的影响。他的诗风雄奇壮阔，被评价为“骋驾气势，崭绝崛强”，气势恢宏又曲折险怪。不过，他作诗喜欢用奇字和险韵，有时不易理解。

◇◇◇◇◇◇◇◇◇◇◇◇◇◇◇◇◇◇◇◇◇

诗人故事

后世的人们给了我很多赞誉，但要是自我评价的话，我的特点大概就是硬：诗歌硬，文章硬，骨头更硬。我三岁就成了孤儿，靠兄长抚养，在我十二岁时，兄长也去世了。嫂子像母亲一样抚养我长大，还送我去读书。我非常感恩，决定长大了要成为有益于国家和百姓的人。

我最引以为傲的是我写的文章，你们以后会学到我写的《师说》，如果学习时遇到困难，也可以读读我的《进学解》，“业精于勤，荒于嬉”，学业会因为勤奋而进步，也会因玩乐而荒废，你们要用这句话来激励自己呀！写文章最重要的是阐明道理，因此我反对那些只注重形式、内容华而不实的骈文，推崇秦汉时期的古文。古文受格式限制较少，可以更好地表达自己的想法。我还爱写诗，我特别欣赏汉魏时期的诗歌，也试着写那样平淡自然的诗。我经常和柳宗元、贾岛、孟郊、刘禹锡等诗人唱和，写了大量的联句，大家你一句，我一句，共同写一首诗，也很有趣味。随着生活越来越安稳，我有了更多时间来观察生活中的事物。在我看来，那些看似平常的景象其实非常神秘，它们构成了一个绚丽多彩的想象世界，我也使用了一些生僻奇异的词语来描绘它们。

安史之乱后，佛教越来越盛行，这不仅影响了儒家学说的地位，还有一些不怀好意的人开始利用佛教谋财。当时整个长安都为迎佛骨而轰动，王公大臣纷纷捐钱，没钱的百姓就在身上烫几个香疤来表示虔诚。皇帝要用举国之力迎回佛骨，我看不下去，就上书劝谏，却惹怒了皇帝，在大家的求情下才免于一死，被贬到遥远的潮州（今属广东）。当官就该说真话，我并不后悔，只是为牵连了家人而痛苦，满心悲愤无法言说。更让我感到悲痛的是，我十二岁的小女儿病逝于前往潮州的路上。

但失意和痛苦并没有让我消沉，我尽可能为潮州百姓谋福利，也在之后每一个任职的地方尽心尽力。不管官场怎么变，我始终要求自己无愧于朝廷，无愧于百姓。

左迁至蓝关示侄孙湘

一封朝奏九重天，夕贬潮州路八千。
欲为圣明除弊事，肯将衰朽惜残年！
云横秦岭家何在？雪拥蓝关马不前。
知汝远来应有意，好收吾骨瘴江边。

知识卡片 韩愈“开宋诗一派”的“遗书”

这首诗写于元和十四年（819），韩愈因上书劝阻唐宪宗迎佛骨而被贬到潮州，诗题中的“左迁”便是降职的意思，“湘”指的是韩愈的侄孙韩湘。有说法认为韩湘就是传说中的八仙之一，擅长洞箫的韩湘子，这其实只是后人附会，韩湘只是唐代一名普通官员。

“一封朝奏九重天”句中，“一封”指的是诗人上的奏表《论佛骨表》。“谏迎佛骨”事件反映了当时的儒佛矛盾，韩愈认为儒家学说才是正统，来自外国的佛教不应该凌驾于本土学说之上，皇帝更不应该铺张浪费，把佛骨迎回宫中供奉。潮州在唐朝是非常偏远的地方，当时韩愈已经五十多岁了，他是抱着写遗书的心情写下了这首诗。全诗将叙事、写景和抒情融为一体，体现了诗人以文为诗的特点。《诗境浅说》称赞这首诗语言有力，充满忠义之气，在唐代名人贤士诗集中绝无仅有。这首诗也影响了后来的宋诗创作，被后人赞为“开宋诗一派”。

早春呈水部张十八员外二首（其一）

天街小雨润如酥，草色遥看近却无。
最是一年春好处，绝胜烟柳满皇都。

◉

“水部张十八员外”指的是张籍，他排行十八，所以叫“张十八”。在这首诗里，韩愈描写了长安城早春时节的景色，“天街”指的是长安城的街道。“草色遥看近却无”这句诗历来为人称道，因为它描写了一个有趣的现象，就是早春时节植物刚刚发绿芽时，从远处看一片绿色，但走近看，颜色却没有那么明显了。你可以在早春的时候，验证一下韩愈的说法。

晚春

草树知春不久归，百般红紫斗芳菲。
杨花榆荚无才思，惟解漫天作雪飞。

◉

这首诗向我们呈现了长安城晚春时节的风景，是《游城南十六首》组诗中的一首。诗人采用了拟人的手法，赋予晚春时节的植物以人的意志：花草树木知道春天要离去了所以赶紧开放，而杨花、榆荚虽然没有才思，也勇敢地随着风像雪花一样飞舞。

白居易：我认为诗要语言通俗，反映社会现实

◇◇◇◇◇◇◇◇◇◇◇◇◇◇◇◇◇◇◇◇

白居易（772—846）

中唐诗人，字乐天，号香山居士、醉吟先生，下邽（今陕西渭南北）人，生于河南新郑。白居易与元稹并称“元白”，他们创作的长篇排律和中短篇杂体诗被称为“元和体”。又因二人的诗集分别名为《白氏长庆集》和《元氏长庆集》，所以后人也把他们的诗叫作“长庆体”，后多特指他们的七言长篇叙事诗。白居易还多与刘禹锡唱和，二人并称为“刘白”。

白居易主张文章和诗歌都要有所寄托，反映社会现实，他和元稹等诗人共同倡导了新乐府运动。他早期的讽喻诗多揭示社会黑暗，以《新乐府》组诗和《秦中吟》最为知名，中年之后的作品多抒发闲适与感伤情怀，如《忆江南》组词。他还非常擅长写七言长篇叙事诗，《长恨歌》和《琵琶行》都是流传千古的名篇。白居易的诗歌通俗易懂，言浅意深，启发了后世包括苏轼、陆游在内的很多诗人创作。

◇◇◇◇◇◇◇◇◇◇◇◇◇◇◇◇◇◇◇◇

诗人故事

我自幼因为躲避战乱，一直漂泊各地，生活虽然艰难，但有机会接触到各种民歌和民间故事，我对此非常感兴趣。我认为诗歌也应该像民歌一样让人们一听就懂，所以我每次写完诗就先读给老妇人听，要是她听不懂就再修改，直到她能听懂为止。

起初，我的仕途之路非常顺利。闲暇时，我经常和朋友出游，有一次我们说起唐玄宗和杨贵妃的往事，我在友人的建议下把这个故事写成诗篇，这就是你们熟悉的《长恨歌》。我认为诗歌不仅能体现政治得失，还应该起到疏导民众情绪的积极作用。因此，我写了很多反映现实的讽喻诗呈给皇帝，却不知道这些描写朝廷腐败和百姓艰辛的诗歌早就引起了他的不快。后来，宰相武元衡被割据地方的节度使派人刺杀了，我建议抓捕凶手，却得罪了权贵，被贬江州（今江西九江）。

我在江州一待就是四年，这期间我写了许多诗歌，比如那首《琵琶行》。琵琶女有她的痛苦，而我也是满心惆怅，我们同是天涯沦落人！已经步入中年的我早已不是当年的毛头小子，也很少再写那些讽喻诗。朝局如此黑暗，写这样的诗又有什么用呢？我干脆向王维学习，过上了半官半隐的生活。我在庐山盖起草堂，又和僧道为友，希望能找到平静，连写诗的风格都逐渐变得恬淡。

新帝登基后，我被召回长安。朝中明争暗斗不断，我几次上书都没有被采纳，心灰意冷之余，我申请到外地做官，多少也为百姓做了一些事。晚年我回到洛阳，对官场已经完全没有了想法，后来更是辞官归隐，过着闲适的生活，花大量时间游山玩水，和朋友们唱和。现实总是让人失望，幸好我能从山水之中寻找到寄托，以诗歌自我排解。

钱塘湖春行

孤山寺北贾亭西，水面初平云脚低。
几处早莺争暖树，谁家新燕啄春泥。
乱花渐欲迷人眼，浅草才能没马蹄。
最爱湖东行不足，绿杨阴里白沙堤。

知识卡片 描写西湖景致的名篇

这首著名的写景抒情诗是白居易任杭州刺史时所写，诗题中的“钱塘湖”就是现在的杭州西湖，“行”是行走的意思，这个字也是全诗的线索。首句“孤山寺北贾亭西”中，孤山寺和贾亭都是当时西湖的游览胜地。接下来，诗人并没有直白地描写湖面的美，而是写出云层低垂与湖面连成一片，构成一幅美丽的湖景，还侧面记述了当时的天气。因为只有在下雨或者雨停的时候，云层才会这么低。你们在生活中有没有注意过这种现象呢？

接下来的四句诗非常具有新意，诗人不直接写春天，但“早莺”“新燕”“浅草”都是春天的景象，充满了盎然生机。诗人从孤山寺一路走到了白沙堤，景色也随之自然转换，堪称移步换景，人在景中，充分展现出春天带来的美的享受，此诗也成为描写西湖景致的千古名篇。读过这首诗，你们是不是也想去看看西湖的美景呢？

卖炭翁

卖炭翁，伐薪烧炭南山中。
满面尘灰烟火色，两鬓苍苍十指黑。
卖炭得钱何所营？身上衣裳口中食。
可怜身上衣正单，心忧炭贱愿天寒。
夜来城外一尺雪，晓驾炭车辗冰辙。
牛困人饥日已高，市南门外泥中歇。
翩翩两骑来是谁？黄衣使者白衫儿。
手把文书口称敕，回车叱牛牵向北。
一车炭，千余斤，宫使驱将惜不得。
半匹红纱一丈绫，系向牛头充炭直。

·叱（chì）：大声呵斥

知识卡片

揭露社会黑暗的名篇

这首著名的讽喻诗是白居易《新乐府》组诗中的第三十二首，题注是“苦宫市也”。中唐时，宦官负责从民间采购宫中物资，他们常在长安城热闹的地方闲逛，以低价强行购买货物，有时甚至一文钱也不给，这种行为就叫作“宫市”，百姓唯恐避之不及。这首诗描写了卖炭老翁被宦官及其爪牙以低价掠夺了一车木炭的悲惨遭遇，符合白居易所主张的“歌诗合为事而作”，即诗歌应该反映现实。全诗语言浅显易懂，诗人并没有在诗中夹杂议论，却通过叙事，把自己对统治者的批判和对百姓的同情表现得淋漓尽致，正如《唐宋诗醇》评价这首诗“直书其事，而其意自见，更不用著一断语”，意思是直接叙述发生的事，读者自然明白了诗歌的意思，不需要写出结论。

忆江南

江南好，风景旧曾谙。日出江花红胜火，
春来江水绿如蓝。能不忆江南？

知识卡片 唐代文人词的名篇

白居易是唐代最早写词的文人之一，他提高了词的艺术品位，促进了文人词的发展和成熟。这阕词是白居易晚年回忆江南美景时所作的《忆江南》组词中的一首，也是他填词的代表作。

“忆江南”原名“望江南”，是唐代曲子名。自白居易写了这组词之后，这个词牌也被称为“江南好”。“风景旧曾谙”中的“谙”是熟悉的意思，江南的好风景是诗人亲身感受过的，他年轻时曾三次去江南，后来在杭州、苏州担任过刺史。接下来两句具体描写了风景，“日出江花红胜火，春来江水绿如蓝”中，“日出”“春来”用了互文的手法，意思是（春来）日出江花红胜火，（日出）春来江水绿如蓝。江花红，江水绿，两种颜色对比，显得花更红、水更绿，有一种绚烂之美。末句“能不忆江南”是一句反问，点出了“忆江南”的主题，更突显了诗人对江南的思念。大家是不是也从这首诗里面感受到了江南之美呢？

拓展阅读

池上二绝（其二）

小娃撑小艇，偷采白莲回。
不解藏踪迹，浮萍一道开。

◉

这首小诗刻画了一个偷偷采白莲的小娃娃形象。“不解”是不知道、不会，意思是小娃娃偷偷采完白莲后，没有好好藏起来，结果在水面的浮萍中间留下了一条小艇划过的痕迹。

赋得古原草送别

离离原上草，一岁一枯荣。
野火烧不尽，春风吹又生。
远芳侵古道，晴翠接荒城。
又送王孙去，萋萋满别情！

◉

这首诗是白居易准备应考的习作。唐朝科举考试规定，凡是指定题目的诗题，都要在前面加上“赋得”二字。末二句“又送王孙去，萋萋满别情”中，“王孙”泛指远行的人，诗人化用《楚辞·招隐士》中的“王孙游兮不归，春草生兮萋萋”，将草与送别联系起来。《楚辞》写的是看到春草而思念远行未归的人，白居易写的是送别时就连春草也充满离别不舍之情。

暮江吟

一道残阳铺水中，
半江瑟瑟半江红。
可怜九月初三夜，
露似真珠月似弓。

◉

这首诗描写了长安曲江的秋景。“半江瑟瑟半江红”句中，“瑟瑟”指的是一种绿色的玉石，这里用来表示碧波，“红”指的是“残阳”（即落日）在水中投下的倒影将水面染红了。要注意的是，诗中的“可怜”是可爱的意思，与现在的含义不同。

大林寺桃花

人间四月芳菲尽，山寺桃花始盛开。
长恨春归无觅处，不知转入此中来。

◉

元和十二年（817），白居易在庐山的大林寺游玩时写下了这首诗。诗中描述了一个有趣的现象：山脚下的花已经开过了，山上的桃花却刚刚开放。这是因为海拔越高的地方，温度越低，花开得越晚。

刘禹锡：因为诗风豪壮，我被称为“诗豪”

◇◇◇◇◇◇◇◇◇◇◇◇◇◇◇◇◇◇◇◇◇◇◇◇◇

刘禹锡（772—842）

中唐文学家、诗人，字梦得，洛阳人，曾任太子宾客、加检校礼部尚书，世称刘宾客、刘尚书，作品收录在《刘梦得文集》。刘禹锡和柳宗元是好友，二人并称“刘柳”；他晚年和白居易多有唱和，二人并称“刘白”。刘禹锡善于写诗作文，诗歌内容广泛，诗风豪放刚健，被白居易称为“诗豪”。他的七律非常有名，被赞为“骨力豪劲”。他模仿民歌写下的以《竹枝词》为代表的组诗，在唐诗中独具特色，极受后人称赞。他主张写诗时如果用生僻字需要有出处，这对后来的诗歌创作，尤其是宋代的江西诗派产生了很大影响。除了诗歌，他在哲学方面也颇有建树。

◇◇◇◇◇◇◇◇◇◇◇◇◇◇◇◇◇◇◇◇◇◇◇◇◇

诗人故事

汉代中山靖王刘胜子孙后人众多，其中既有大家熟悉的蜀汉皇帝刘备，还有我刘禹锡。纵观唐代诗坛，你们很难找到比我更倔强的诗人。李白曾在酒后“天子呼来不上船”，可我在清醒的时候就一而再，再而三地讽刺权贵，吃尽了苦头也不后悔。

我二十多岁就中了进士，后来在皇帝的支持下，我和其他志向相同的年轻官员发动了永贞革新。我们一心想着扫除朝廷黑暗，振兴国家，可这场改革短命得出奇，半年后就宣告失败。皇帝被迫禅位，我们这些改革派也被贬到各处穷山恶水之地。我在朗州（今湖南常德）待了近十年，这里的民歌很好听，给了我许多灵感，让我写下《竹枝词》《采菱行》等一批反映当地风情的诗歌。我还写了《聚蚊谣》等诗歌来讽刺昏庸贪婪的权贵，从前很少有人以蚊子这种丑的事物为诗歌主题，我却觉得用来形容那些小人再合适不过。

后来，我和柳宗元一起被召回京城。我压不住脾气，写了一首诗嘲讽那些只知道逢迎拍马的新贵，结果被贬到了更遥远的连州（今属广东）。贬谪打不倒我，当地官员的故意刁难更不能让我屈服，我写下《陋室铭》表明志向。在这颠沛流离的日子里，老母撒手人寰，至交好友柳宗元也去世了。我心中的悲痛无以言表，从此抚养他的儿子，视如己出。值得安慰的是，我在回京的路上遇到了白居易，我们一见如故，结为好友。他写诗劝我该改改脾气了，我写诗回赠说改了脾气就不是我刘禹锡了。经过金陵时，我写下了咏诗史《金陵五题》，“旧时王谢堂前燕，飞入寻常百姓家”，这里曾是六朝古都，现在却没有了当初的繁华，荣华富贵如同过眼烟云。

回顾一生，我内心从不后悔自己的选择，只是遗憾没能和好友再度把酒言欢。

秋词二首（其一）

自古逢秋悲寂寥，我言秋日胜春朝。
晴空一鹤排云上，便引诗情到碧霄。

知识卡片 一反“悲秋”传统，写出秋高气爽的赞歌

《秋词》二首是刘禹锡被贬为朗州司马时所写，这是其中的第一首。这首诗写的是秋天，但并不是纯粹写景，而是将议论、抒情与写景融为一体。

首句“自古逢秋悲寂寥”是议论，正如诗人所说，秋天自古就常常和感伤联系在一起，《楚辞》中就有“悲哉秋之为气也”的句子，杜甫也写过“万里悲秋常作客”。这首诗却别具一格，一反悲秋的愁绪，赞扬了秋天的美好，表现出一种昂扬向上的精神。“便引诗情到碧霄”句中，“碧霄”指的是青天，诗人虽然被贬，但并没有意志消沉，而是让白鹤把他的诗情带到青天之上，多么乐观啊！遇到困难的时候，你也可以用这首诗来激励自己呢！

酬乐天扬州初逢席上见赠

巴山楚水凄凉地，二十三年弃置身。
怀旧空吟闻笛赋，到乡翻似烂柯人。
沉舟侧畔千帆过，病树前头万木春。
今日听君歌一曲，暂凭杯酒长精神。

知识卡片 中唐酬赠诗的代表作

这是一首著名的酬赠诗，唐敬宗宝历二年（826），刘禹锡被召回洛阳，结束了二十三年的贬谪生涯，他在扬州遇到了同样返回洛阳的白居易，两位诗人在扬州相逢时，白居易作诗相赠，刘禹锡就写了这首诗回赠，表达了他对世事变化和官场沉浮的豁达心境。“巴山楚水凄凉地”句中，“巴山楚水”泛指诗人被贬谪过的地方。“怀旧空吟闻笛赋”句中，“闻笛赋”用的是西晋向秀怀念被杀的友人嵇康和吕安而作《思旧赋》的典故，这里指诗人怀念去世的好友。“到乡翻似烂柯人”句中，“烂柯人”指的是晋人王质，传说他砍柴时观看童子下棋，棋局终了发现斧柄已烂，回村才知已过了一百年，指诗人遭贬多年后回来，恍如隔世。这两个典故表达了诗人对岁月流逝，人事皆非的感叹。“沉舟侧畔千帆过，病树前头万木春”二句中，“沉舟”“病树”都是诗人自比，这两句诗被后人赞为“有道之言”，也因为饱含哲理，现在还常被人们引用，表示新事物终将取代旧事物。

拓展阅读

浪淘沙九首（其一）

九曲黄河万里沙，浪淘风簸自天涯。
如今直上银河去，同到牵牛织女家。

◉

西汉时，汉武帝让张骞去寻找黄河的源头，传说张骞一路走到了天上的牵牛星和织女星那里，诗人化用了这一典故，以体现黄河的气势。

竹枝词二首（其一）

杨柳青青江水平，闻郎江上唱歌声。
东边日出西边雨，道是无晴却有晴。

◉

《竹枝词》是四川东部地区的民歌，刘禹锡在任夔州刺史时，根据当地民歌创作了一组新词。“唱歌声”也作“踏歌声”，意思是一边唱歌，一边用脚踩节拍。诗人采用民歌中常见的语意双关手法，表面上写天气的“有晴”“无晴”，实际上写的是情感的“有情”“无情”。诗人利用谐音，来含蓄传达更丰富的情感。

柳宗元：我不仅诗写得好，散文的成就也很高

◇◇◇◇◇◇◇◇◇◇◇◇◇◇◇◇◇◇◇◇◇◇◇◇◇

柳宗元（773—819）

中唐文学家、思想家、诗人，字子厚，河东解县（今山西运城西南）人，世称柳河东、河东先生，因曾任柳州刺史，也被称作“柳柳州”，作品收录在《河东先生集》。柳宗元以散文著称，他的杂文、寓言和山水游记都非常有名。他和韩愈同为古文运动的领袖，并称“韩柳”，被后人列入“唐宋八大家”。他也擅长诗歌，与韦应物并称“韦柳”，又和好友刘禹锡并称“刘柳”。他的诗既有批判时政的反映现实之作，也有抒发情怀的山水诗，其中以古体诗成就最高，元代文学家方回赞他的诗作描写巧妙，语言精致，南宋诗论家魏庆之称赞他的诗语句淡雅而意味深长。除诗文之外，柳宗元在哲学方面也撰有很多论述。

◇◇◇◇◇◇◇◇◇◇◇◇◇◇◇◇◇◇◇◇◇◇◇◇◇

诗人故事

不知道你有没有看过一幅画，叫作《寒江独钓图》，画的是一个老翁独自在江中垂钓。这幅画就是后人根据我的诗《江雪》画的。

小时候为了躲避战乱，我不得不跟随父亲辗转各地，感受到战争对国家和百姓的摧残，决心以后要做一个好官，为百姓做些事。我二十岁时就中了进士，尽管随后几年我接连失去了父亲和妻子，但我并没有被悲痛压垮，而是一直致力于实现自己的政治理想，可我的努力却失败了。

起初，我也曾充满干劲。在皇帝唐顺宗的支持下，我和一批有理想的官员一起发动了“永贞革新”，希望大唐能从此变得越来越好，那时，我写的诗风格华丽，充满对未来的向往。可因为触动了太多权贵的利益，这场革新只持续了半年就失败了，连皇帝都被迫禅位。参与者中有人被杀，我侥幸保全了性命，被贬永州（今属湖南）。在那时，我名为官员，其实更像是犯人，到了永州连个住处都没有，只能寄居在寺庙里。眼看当地百姓生活困苦，而我却没有实权，不能干预地方事务，以前的政治抱负都成了空话！不久，母亲因病过世，我能感受到的只剩下了孤独，曾经的热血渐渐冷却，但这也让我有了更多的时间来读书和思考。十年间，尽管我的身体越来越差，我还是完成了《封建论》等论述，也留下了很多抒情遣怀的山水诗。

后来我被召回京城，心里又惊又喜，以为终于能走出这种日子了。没想到的是，因为好友刘禹锡作了一首讽刺新贵的诗，我们再次被贬。我被贬到更加偏远的柳州为官，那里的风俗和语言都和中原的大不相同，百姓生活极其困苦。但我决定不再消沉，开始兴办学校，释放奴婢，带着百姓们开荒搞建设……将未能施展的政治抱负释放在这里。

我本以为时间还有很多，还和刘禹锡约定晚年做邻居，没想到却在偏远的柳州患了重病。我自觉时日无多，于是将文稿和儿子都托付给他。我一生能结识这样的知己，也算是一件幸事吧。

江雪

千山鸟飞绝，万径人踪灭。
孤舟蓑笠翁，独钓寒江雪。

知识卡片 唐代五绝代表作

这首描写雪景的著名山水诗是柳宗元被贬为永州司马时所写。诗人在这首五绝中，仅用了二十个字，就描绘出一位渔翁在大雪纷飞的江面上独钓的画面。“雪”贯穿了全诗，正是因为“千山”“万径”都是雪，所以才没有飞鸟和行人的踪迹。与很多诗歌以勾勒轮廓的方式虚写远景不同，“千山鸟飞绝，万径人踪灭”二句却像特写，但越具体也就越显得夸张，反而描绘出了一幅万籁俱寂的场景。而“孤舟蓑笠翁，独钓寒江雪”二句却运用了远距离视角的写法，呈现了一种景物就在眼前却又远在天边的感觉。

历代诗家对柳宗元的山水诗评价都很高，苏轼评价“发纤秾于简古，寄至味于淡泊”，说柳诗将细腻生动与简朴古雅相结合，在淡泊中蕴含了丰富的意味。这首《江雪》作为他山水诗的代表作，得到了后人的赞誉。沈德潜点评这首诗“清峭已绝”，宋代文人范晞文甚至说唐代五绝除了这首诗之外“极少佳者”，可见评价之高。

登柳州城楼寄漳汀封连四州刺史

城上高楼接大荒，海天愁思正茫茫。
惊风乱飐芙蓉水，密雨斜侵薜荔墙。
岭树重遮千里目，江流曲似九回肠。
共来百越文身地，犹自音书滞一乡。

◉

这首诗写于元和十年（815），柳宗元刚刚抵达贬谪地柳州，在登楼望远时想起一同被贬的好友。诗人先是直言眼前看到的“大荒”，之后又对荒凉偏远的环境和风景进行了刻画，如“惊风”“密雨”这样的极端天气，又如遮挡住视线的树木、曲曲折折的江水。诗人融情入景，他被贬官后的心情，我们也不难想象了。

·飐（zhǎn）：风吹使物体颤动

与浩初上人同看山寄京华亲故

海畔尖山似剑铓，秋来处处割愁肠。
若为化得身千亿，散上峰头望故乡。

◉

这首诗同样写于柳州，诗人与浩初上人一同欣赏山景，“上人”是对僧人的尊称。诗人把眼前看到的山峰比作“剑铓”，它们就像剑锋一样切割着自己的愁肠，这种巧妙的比喻，把诗人的忧伤情绪生动地表现了出来。

元稹：我的悼亡诗历来为人们传诵

◇◇◇◇◇◇◇◇◇◇◇◇◇◇◇◇◇◇◇◇◇◇◇◇

元稹（779—831）

中唐诗人，字微之，河南（府治今河南洛阳）人，作品收录在《元氏长庆集》。元稹与白居易是至交好友，两人唱和极多，一同倡导新乐府运动，并称为“元白”，两人的诗歌被称为“元和体”。据《旧唐书》记载：“元和主盟，微之、乐天而已。”意思是说唐宪宗元和年间的文坛盟主，只有元稹和白居易两人，说明他们在当时的文坛拥有极高的地位。元稹主张诗歌要起到扬善抑恶的作用，他的部分诗作揭露了当时的社会矛盾，具有一定的现实意义。他的诗歌中，最具特色的是怀念亡妻韦丛的悼亡诗，以及部分追忆少时情人的艳体诗。他也擅长写传奇小说，代表作《莺莺传》对后世的戏剧创作产生了很大的影响，著名的元代杂剧《西厢记》就是据此改编的。

◇◇◇◇◇◇◇◇◇◇◇◇◇◇◇◇◇◇◇◇◇◇◇◇

诗人故事

我是北魏皇室的后裔，也是唐朝诗人里绯闻比较多的。前代皇室后裔的身份，只是毫无用处的虚名。我八岁时父亲过世，家境更加困窘，请不起先生，母亲就亲自教导我读书。

我知道要改变家中的境况，科举是最好的选择。十四岁时我就通过了明经科考试，却没有获得任命，只能在长安闲居。好在这里有很多文人雅士，我就和他们一起写诗，很快就有了些名气，可惜这还不足以让我得到举荐，我只得继续参加科举。二十四岁时，我中了书判拔萃科，结识了一同登科的白居易，我们成了一生的好友。

后来我被任命为规劝皇帝的谏官，我尽职尽责地上书奏表。闲暇时我也常看传奇，唐代的传奇大部分带有神怪色彩，而我想写一个描写现实的故事，就创作了《莺莺传》。故事里的穷书生张生抛弃了他的恋人崔莺莺，人们都说我写的是自己的经历，从那以后我就再也没有甩掉过“薄情寡义”的名声。我没意识到自己锋芒太露，早已得罪了权贵，很快就被贬到外地做官。但我没有改变做事的原则，出使四川时，我弹劾了不少贪官污吏，平反了许多冤案，受到了百姓的欢迎。可是我越积极做事，触犯的权贵利益就越多，很快就又遭到排挤。妻子的突然去世，更是给我带来了巨大的打击。那些悼亡的诗句，都是在我怀念妻子到无法入睡时所写，只可惜她再也无法看到了。

之后的十年，我一直在贬谪中度过，一度病得几乎死去。现实中看不到希望，我只能写诗与白居易唱和，以友情相互慰藉。我写过一首叙事诗《连昌宫词》，本来是写唐玄宗到唐宪宗时期的兴衰历程，但却意外捧红了歌伎念奴，因为这场“炒作”，她的名字后来还变成了词牌——《念奴娇》。

后来我当了宰相，但也卷入了尖锐的党争，很快就被调任。唉，要是没有复杂的政治斗争该多好，我或许还能为国家多做一些事。

离思五首（其四）

曾经沧海难为水，
除却巫山不是云。
取次花丛懒回顾，
半缘修道半缘君。

知识卡片　中唐悼亡诗的代表作

《离思五首》是元稹在妻子韦丛去世后所写的一组悼亡诗，这是其中的第四首。悼亡是我国文学创作的传统题材，早在《诗经》中就出现了悼亡的内容。在西晋潘岳写了《悼亡诗》怀念亡妻后，悼亡诗一般就特指丈夫怀念妻子的诗作了。元稹是我国古代诗人中创作悼亡诗最多的诗人之一，也推动这一题材达到了一个新的高度。

首句“曾经沧海难为水”化用了《孟子·尽心上》中的“观于海者难为水”，意思是看过了茫茫的大海后，就对江河不感兴趣了。“除却巫山不是云”这句化用了宋玉《高唐赋》中“巫山云雨”的典故，意思是除了巫山上的彩云，其他的云都称不上彩云。由此看出诗人和亡妻感情非常深厚，他再也找不到像亡妻那样的人了。这首诗历来为人们所传诵，直到现在还经常被人们用来表达对爱情的忠贞。

贾岛：我写诗反复“推敲”，苦吟一生

◇◇◇◇◇◇◇◇◇◇◇◇◇◇◇◇◇◇◇◇◇◇◇◇◇

贾岛（779—843）

中唐诗人，字浪仙，一作阆仙，自号碣石山人，范阳（治今河北涿州）人，曾任长江（今四川大英县）主簿，世称贾长江，作品收录在《长江集》。贾岛早年曾出家为僧，后来还俗。他一生穷愁，诗歌风格受到孟郊的影响，是注重词句锤炼的苦吟诗人。他在诗中自称苦思三年才能写出两句诗，苏轼评价他和孟郊为“郊寒岛瘦”。他又与诗人姚合并称“姚贾”。贾岛经常在诗歌中感伤自身怀才不遇，因此多愁苦哀叹之辞。他的赠别诗情景交融，悼亡诗沉痛凄凉，都很有特色。他在五律方面的成就最高，诗风幽僻奇险，被胡应麟评价为“五言独造”，对晚唐和两宋的诗歌创作都产生了影响。

◇◇◇◇◇◇◇◇◇◇◇◇◇◇◇◇◇◇◇◇◇◇◇◇◇

诗人故事

当你们想说一个问题禁不起反复考虑时，就可以说它禁不起推敲。其实，“推敲”这个词的出现与我贾岛有着直接关系。

我出身贫寒，祖上没有人做过官，老家范阳是安禄山的地盘，安史之乱平定后，这里衰落破败得让人心酸。年轻时迫于生计，我出家为僧，可能是因为这段经历，也可能是性格使然，我越来越不喜欢与别人交际。为了增长见识，我来到洛阳，可这里却禁止僧人午后外出。整天待在禅房中怎么能写出好诗？我把不满都写进了诗里。韩愈知道后，劝我去参加科举。我也想在仕途有一番作为，就还俗成了一名士子。可这条路真的很难，我前往长安参加科举，一连考了很多年，结果只有落第，落第，再落第。

生活越来越艰难，我至少还有韩愈的接济；百姓的日子比我更难，可那些官员却只考虑自己的利益。宰相裴度为了造一所大宅，拆了多家民居，把附近的百姓都赶走了，我忍不住写诗讥讽他。一次应考时，我写下了《病蝉》来嘲讽那些贪婪的权贵，得了个“举场十恶”的名号，从此失去了考试资格。

我又试着寻求举荐，却不愿巴结权贵，写不出逢迎拍马的干谒诗，最终一无所获。就连韩愈那样既有才华又有德行的人，这些年都一再被贬官，这样残酷的现实让我渐渐心灰意冷。更让我悲痛的是好友接连离世，被我视为老师的孟郊早早过世，而在亦师亦友的韩愈也去世后，我感到越来越孤独。生活越发困窘，我只能在对诗句的精雕细琢中寻找自己的价值。直到五十九岁，我才得到了长江主簿的职位。在任的三年，我把所有的闲暇时间都用在了读书写诗上。之后我被调任他处继续担任小官，俸禄微薄，得了病连买药的钱都没有，家中只有一头病驴和一张古琴。

我早已没有了还俗时的一腔热血，才华横溢的诗人们一个个凋零，诗坛逐渐走向没落，这令我悲痛不已。

题李凝幽居

闲居少邻并，
草径入荒园。
鸟宿池边树，
僧敲月下门。
过桥分野色，
移石动云根。
暂去还来此，
幽期不负言。

知识卡片 贾岛的“推敲”之作

这首诗是贾岛拜访友人李凝，发现友人不在家时写下的，语言质朴简练，末句“幽期不负言”中，“幽期”指的是隐居的约定，“负言”是食言的意思，从中我们可以看出，诗人与友人约好了将来一起隐居。

这首诗中，以“鸟宿池边树，僧敲月下门”两句最为脍炙人口。关于这两句诗的诞生还有一个故事，最初诗人写的是“僧推月下门”，有一天他骑着驴走在路上，想着这句诗，觉得“推”字不太好，想改成“敲”字，又有点儿犹豫。他骑在驴背上，一边念叨着这两句诗，一边比画着推门和敲门的动作，一不留神撞上了韩愈的车队。知道贾岛是在斟酌“推”“敲”二字才没注意避让后，韩愈不仅没有生气，还建议说“敲”字更好，这句诗也被定为了“僧敲月下门”。由此可见，贾岛是非常注重词句锤炼的。我们以后写作文的时候，也可以对词句多加推敲，用这种精神来鼓励自己！

拓展阅读

寻隐者不遇

松下问童子，言师采药去。
只在此山中，云深不知处。

◉

贾岛去拜访一位隐居的贤士，但是没有遇到，便写了这首诗。有学者认为，这首小诗简单易读，却体现了贾岛作为苦吟诗人擅长推敲的一面，不过这次不是对字词的推敲，而是对谋篇布局的推敲。一开始，诗人向童子提问，但没有告诉我们问了什么问题，后三句则全部是童子的回答。你觉得诗人提了什么问题呢？

剑客

十年磨一剑，霜刃未曾试。
今日把示君，谁有不平事？

◉

这首诗又名《述剑》。诗人以剑客的口吻来写诗，有说法认为，剑客就是诗人的自喻，多年来刻苦读书，磨砺自己，但始终没有得到施展才能的机会。这种托物言志的手法，体现了诗人的艺术巧思。

李贺：我的诗荒诞奇特，人们说我是“鬼才”

◇◇◇◇◇◇◇◇◇◇◇◇◇◇◇◇◇◇◇◇

李贺（790—816）

中唐诗人，字长吉，福昌昌谷（今河南宜阳西）人，世称李昌谷，著有《昌谷集》。李贺是继李白之后的又一位唐代浪漫主义诗人，素有“太白仙才，长吉鬼才”的说法。他的诗歌多抒发怀才不遇的悲愤，言辞感伤，也有部分针砭时弊，借用神话传说，以虚幻暗指现实，有时也借古讽今。他尤其擅长写乐府诗，在当时别具一格，被后人称为“李长吉体”。李贺的诗作有时太过注重形式，语言过于雕琢，杜牧评价他的诗歌文辞很好，但说理不够畅达。实际上，他的诗已经开始用细腻隐晦的方式来抒情，语言华美，有了词的感觉，这对晚唐的诗风产生了直接影响。

◇◇◇◇◇◇◇◇◇◇◇◇◇◇◇◇◇◇◇◇

诗人故事

都说皇帝也有几门穷亲戚，我李贺就是皇帝的穷亲戚之一。我的祖上是唐高祖李渊的叔父，也算正统的李唐宗室。但事实上，我的家族早已衰落了。

我从小就喜欢写诗，为此花了不少的心思。天刚放亮，我就骑着瘦马，背着古旧锦囊出门。我这可不是因为贪玩，而是要一路细心观察，一旦有什么东西激发了我的灵感，就马上写下来放到锦囊中，回家后整理出来。有一次母亲查看锦囊中的诗稿，发现数量竟那么多，又心疼又生气，说我要用功到把自己的心呕出来才罢休！虽然辛苦，但日复一日的坚持让我的作诗水平大有进步，不到二十岁，我就有了很大的名气。

仅靠写诗还不够，读书人应该参加科举给自己谋个好前途，我也是这么打算的。可我的科举之路却不太顺利。父亲病逝，我需要守孝三年。韩愈很欣赏我，劝我不要放弃考试。我参加了考试，前面都很顺利，谁知却在最后关头被拦了下来。同场竞争者中有人指出，我的父亲名为“晋肃”，“晋”与“进”同音，我要是考进士，就是犯了家讳，是不孝！虽然韩愈写了文章为我辩解，但最后我还是被迫退出考试。朝廷对进士科考试极为看重，不能参加考试就几乎等于断送了仕途啊！我意气风发地来到长安，回乡时却前途尽断。离开长安时，我写了《出城》这首诗，如果你读过，就一定能感受到我心中的痛苦。

三年后，我得到举荐，通过考核，凭父荫当了个负责指导礼仪的小官。在郁郁不得志的心境下，我写的诗也特别悲观。“长安有男儿，二十心已朽。”这就是我对自己年轻的生命的评价。你们能想象我写下这句诗时的心情吗？我走不出失落的阴影，再加上身体不好，三年后，我发觉迁调无望，便辞官回乡养病。后来，我曾到各地游历，也曾在友人推荐下，到军队当过幕僚，却没能一展抱负。所幸我写下了不少诗文。你们后世人都说我爱写荒诞离奇的神鬼之诗，说我的诗哀艳悲切，明明是形容红色，非要写成“冷红”“老红”。唉，大概我的心真的老了吧。

李凭箜篌引

吴丝蜀桐张高秋，
空山凝云颓不流。
江娥啼竹素女愁，
李凭中国弹箜篌。
昆山玉碎凤凰叫，
芙蓉泣露香兰笑。
十二门前融冷光，
二十三丝动紫皇。
女娲炼石补天处，
石破天惊逗秋雨。
梦入神山教神妪，
老鱼跳波瘦蛟舞。
吴质不眠倚桂树，
露脚斜飞湿寒兔。

知 识 卡 片 描写音乐的经典诗作

这首诗是李贺在长安担任奉礼郎时所作。诗题中的李凭是当时很有名的箜篌弹奏者，箜篌是古代的传统拨弦乐器，汉代时从西域传入中国，后失传。

“江娥啼竹素女愁，李凭中国弹箜篌”二句中，“江娥”一作“湘娥”，指的是湘水的女神，“中国”代指长安。“梦入神山教神妪，老鱼跳波瘦蛟舞”二句中，“神妪”典故出自《搜神记》，指的是传说中擅长弹箜篌的仙人，后一句的典故源自《列子·汤问》，传说楚国著名的琴师弹琴时，鸟儿跳舞，鱼也会跃出水面。这两句诗是说箜篌之声美得让神妪感动，让行动困难的老鱼和瘦蛟也腾跃起舞。“吴质不眠倚桂树，露脚斜飞湿寒兔”二句用到了古代关于月亮的神话，“吴质”就是吴刚，传说在月亮上有吴刚在砍桂树，还有兔子和蟾蜍。

全诗运用了大量的典故和比喻来表现李凭高超的箜篌技艺，成为描写音乐的名作，清代诗家方世举称这首诗“足以泣鬼”，应该和白居易的《琵琶行》、韩愈的《听颖师弹琴》并称为“摹写声音至文”，说它能够让鬼神感动，很有感染力。这首诗还衍生出“石破天惊”这个成语，在诗中形容声音出人意料，现在多用于形容文字或议论让人震惊。

拓展阅读

出城

雪下桂花稀，啼乌被弹归。
关水乘驴影，秦风帽带垂。
入乡诚可重，无印自堪悲。
卿卿忍相问，镜中双泪姿。

◉

因为不能继续进士考试，李贺离开长安时写了这首《出城》。唐代时，科举考中叫“折桂”，诗人以“桂花稀”代指科举之路遭遇了挫折。“卿卿”通常指妻子，诗人想到回家后，妻子不忍询问自己的考试结果，只能对镜流泪叹息。

马诗二十三首（其五）

大漠沙如雪，燕山月似钩。
何当金络脑，快走踏清秋。

◉

《马诗二十三首》是李贺的组诗作品，名为咏马，其实是在抒发他心中的感慨。在这首诗中，“金络脑”是用黄金装饰的马笼头，若一只战马能够配备金络脑这种贵重的马具，说明它受到重视。

雁门太守行

黑云压城城欲摧，甲光向日金鳞开。
角声满天秋色里，塞上燕脂凝夜紫。
半卷红旗临易水，霜重鼓寒声不起。
报君黄金台上意，提携玉龙为君死。

◉

“雁门太守行”是乐府旧题，在第一册中我们介绍过萧纲的同名诗。“黄金台”指的是战国时燕昭王放置千金以招揽人才的地方。这首诗中，李贺用多种表示颜色的词语来描写战争场面，非常独特，你可以试着找找看。

杜牧：我推动了咏史怀古诗的新发展

◇◇◇◇◇◇◇◇◇◇◇◇◇◇◇◇◇◇◇◇◇◇◇◇◇◇◇

杜牧（803—853）

中晚唐诗人，字牧之，号樊川居士，京兆万年（今陕西西安）人，曾任职中书省，因中书省别名紫薇省，世称杜紫薇。后人赞扬杜牧的诗才，前称杜甫为“老杜”，后称杜牧为“小杜”。杜牧还与李商隐并称“小李杜”，以表示他们是和李白、杜甫一样优秀的诗人。杜牧去世前曾焚烧文稿，所幸其外甥裴延翰保留多篇复本，后整理收集为《樊川文集》。杜牧的诗风整体明朗豪迈，其咏史怀古诗最为人所称道。他将议论说理与个人情感巧妙融合，表达自己对历史事件的独到看法，推动了咏史怀古诗的新发展。

◇◇◇◇◇◇◇◇◇◇◇◇◇◇◇◇◇◇◇◇◇◇◇◇◇◇◇

诗 人 故 事

我杜牧的来头可不小。我是西晋名将杜预的后人，我的爷爷杜佑做过大唐的宰相，他还曾花了三十多年写下《通典》一书，记录历朝的典章制度，是中国第一部体例完备的政书！我十岁那年，爷爷去世了，但他对学问的热爱给了我很大的影响，我一直认真读书，尤其偏爱历史、军事方面的书。我能写下那么多咏史诗，还有那篇你们会学到的《阿房宫赋》，就是得益于此。

我的仕宦之路比较顺利，先是二十多岁就进士及第，随后中了贤良方正直言极谏科，之后就跟随我家的世交沈传师到江西做幕僚。闲暇时，沈府经常举办宴会，有位年轻的歌女名叫张好好，长得特别漂亮，也很有才华，令我印象深刻。工作后，我调到扬州任官。扬州城旖旎繁华，有不少青楼烟花之地，正好对我的口味。少年时显赫的家世，在我身上留下了贵公子习气。我喜爱歌舞欢宴，常常与歌妓往来宴饮，留下了不少风流诗篇。那几首“扬州诗”，就是我欢乐时光的凭证。后世有人认为这是纨绔子弟的不良习气。可在我看来，这些青楼佳人善歌舞诗书，潇洒脱俗，可以让人从种种纷乱中抽身，何乐而不为呢？不过，我也知道要收敛自己了。因为在为我离任送行时，上司牛僧孺告诉我，青楼人员混杂，他怕我被人欺负，一直派人暗中保护我，顺便记录下我这些年游乐的行踪，我不禁感到惭愧。

我本想着，从扬州回到长安后要好好做官，可没想到朝廷发生政变，我的好朋友也被牵连而贬官外地。朝堂上人人自危，根本没有施展抱负的空间，我不想和别人同流合污，便离开是非之地，到洛阳做官。在那里，我与当年的歌女张好好重逢，十分感慨，写了《张好好诗》赠给她。

之后我多次到地方任职，但我每次回到长安，都上书请求朝廷让我去地方工作，很多人不理解我的这种行为，其实我只是做了符合自己心意的选择罢了。后来我大病一场，烧掉了过去写下的诸多诗文。心酸往事，不足为外人道也！

赤壁

折戟沉沙铁未销，自将磨洗认前朝。
东风不与周郎便，铜雀春深锁二乔。

知识卡片 游赤壁时，杜牧在想些什么？

这首咏史怀古诗是杜牧经过赤壁古战场时所作。他在古战场发现折断的兵器，进而引发出对历史上赤壁之战的感想，运用了“以小见大”的手法。诗中还使用了多个典故，东汉建安十三年（208），孙、刘联军与曹军在赤壁交战，在冬天不可多得的东风助力下，联军以火攻大败曹军。赤壁之战是历史上著名的以少胜多的战役，“借东风”也成为形容巧妙借助外力帮助自已达成目的俗语。“二乔”是东吴乔公的两个女儿，大乔嫁给了孙权的哥哥孙策，小乔嫁给了孙权的大将周瑜；“铜雀台”是曹操行乐的地方，“铜雀春深锁二乔”，是诗人假设联军失败，大乔和小乔将被曹军抢走。后世研究者多认为，杜牧借这个典故探讨了英雄之所以为英雄，不仅在于其能力，更在于机遇和时机。杜牧名为怀古，实为伤今，感叹自己没有“东风”相助，空怀才情却无处施展。

赠别二首（其一）

娉娉袅袅十三余，
豆蔻梢头二月初。
春风十里扬州路，
卷上珠帘总不如。

·娉娉（pīngpīng）：轻柔美好的样子

知识卡片 流传千年的扬州之美

这首诗写于唐文宗大和九年（835），当时杜牧要离开扬州前往长安任职，在临行前与心爱的歌妓告别时，杜牧写了这首诗来赞美她。“豆蔻”是一种生长在南方的花，诗人以二月枝头含苞待放的豆蔻花，来指代歌妓的婀娜身姿和美好青春，并由此诞生了“豆蔻年华”这个成语，泛指女孩子的青春年华。此外，“春风十里扬州路”这一句也对后世影响深远，宋代词人姜夔在《扬州慢·淮左名都》中追忆杜牧时，写下“过春风十里，尽荠麦青青”的词句。甚至如今流行歌词中的“春风十里”，都能追溯到杜牧这首诗呢。

清明

清明时节雨纷纷，路上行人欲断魂。
借问酒家何处有，牧童遥指杏花村。

知识卡片

清明诗的代表作

这首诗始见南宋诗人刘克庄编选的儿童诗歌启蒙读物《千家诗》中，因未被收录于杜牧的《樊川文集》，后世对它是否为杜牧所作有所争议。这首诗清丽自然，被广为传诵，已成为清明诗篇的代表作。正是因为这首诗的流传，后世开始以“杏花村”表示与酒相关的事物。如果你有机会读到明代大才子唐寅的诗句“红杏梢头挂酒旗”，要记得这个典故就是从这首《清明》得来的！

拓展阅读

山行

远上寒山石径斜，白云生处有人家。
停车坐爱枫林晚，霜叶红于二月花。

◉

诗人在一个秋日傍晚欣赏枫叶时写下了这首诗。值得注意的是，“停车坐爱枫林晚”中的“坐”，不是我们常说的“坐在椅子上”的“坐”，而是“因为”的意思。

江南春

千里莺啼绿映红，水村山郭酒旗风。
南朝四百八十寺，多少楼台烟雨中。

◉

读到“南朝四百八十寺”这句诗，你会不会惊讶于南朝的寺庙如此之多？这是因为南朝时期的帝王将相多信奉佛教，他们在都城建康（今江苏南京）修建了许多佛寺。不过，“四百八十”只是一个大概的数字，并非确指。

泊秦淮

烟笼寒水月笼沙，夜泊秦淮近酒家。
商女不知亡国恨，隔江犹唱后庭花。

◉

秦淮河两岸酒家众多，“商女”是酒店中唱曲表演的乐妓，“后庭花”指的是陈后主所作的《玉树后庭花》。陈后主沉湎酒色，安于享乐，最终亡国，这首曲子也被视为亡国之音。

李商隐：无题诗是我留下的千古谜题

◇◇◇◇◇◇◇◇◇◇◇◇◇◇◇◇◇◇◇◇◇

李商隐（813—858）

中晚唐诗人，字义山，号玉谿生，怀州河内（今河南沁阳）人，著有《李义山诗集》。他与杜牧并称“小李杜”，与晚唐诗人温庭筠并称“温李”。李商隐擅长写讲究对偶和声律的骈文，与温庭筠、段成式齐名，因三人都排行十六，他们的骈文风格被称为“三十六体”。他的诗歌揭露了当时的政治弊端与社会现实，也抒发了生逢乱世的感慨与不得志的失意之情。他的咏史和爱情诗都很有名，无题诗更是广受赞誉，但也有一些诗作用典过多，隐晦难解。他的七律在当时享有盛名，七绝更是堪称绝唱，后人称赞他是继李白、杜甫、韩愈之后，唯一“能别开生路，自成一家者”，意思是他创造了自己独特的艺术世界，对后世的诗词创作产生了重要影响。

◇◇◇◇◇◇◇◇◇◇◇◇◇◇◇◇◇◇◇◇◇

诗人故事

你们读过的诗通常都是有题目的，内容也比较清晰。如果你们看到很多首以“无题”为名的诗，又觉得有些读不明白，那很有可能就是我李商隐写的。

我自幼家境衰落，十六岁时搬到了洛阳，结识了曾经当过宰相的令狐楚，他欣赏我的才学，便亲自教我写科举考试要考的骈文。我学得很不错，甚至把骈文那些华丽的辞藻、繁复的技巧运用到作诗上，写出了一些朦胧含蓄的诗歌，虽然很多人读完并不知道我想表达什么，但这种神秘感也算我的诗歌特色了。可我的科举考试就没有写诗这么顺利了，接连落第后，我在令狐楚的儿子令狐绹的帮助下，终于考中进士。

令狐楚去世后，我成了官员王茂元的幕僚，他很赏识我，还把女儿嫁给了我。我对此非常感激，却不知道从这一刻起，我就已经卷入了党争的旋涡。王茂元与“李党”领袖李德裕交好，而对我有教导之恩的令狐楚父子属于牛僧儒的“牛党”。李党大多出身名门，依靠门第进入官场，牛党大多是科举出身的进士。两党不仅出身不同，政见也有极大的分歧，斗得你死我活。其实我认为朋党并不应该存在，也不觉得自己属于任何一方，但在别人看来，我背叛了恩师令狐楚，是忘恩负义的小人。在这样的困境中，我作为一名小官，人微言轻，空有一腔报效国家的热血。岳父王茂元过世后，我的处境更加艰难，连登高赏景也无法减少苦闷，写下的都是“夕阳无限好，只是近黄昏”这样凄凉的诗句。最穷困潦倒的时候，我不得不向已成为宰相的故人令狐绹求助。可因为这件事，牛党人指责我是脚踏两条船的小人。处在牛李党争的夹缝中，还谈什么抱负？为了谋生，我只能辗转各地担任低微官职。

敏感而又内向的我，纵使心中有翻江倒海般的情感，也无法直接说出来，好在我还可以作诗，借着文字来表达心中深埋的情感。在诗中，我回忆妻子的音容笑貌，感慨自己的人生际遇，创造出一个唯美朦胧的艺术世界。不知读诗的人，会不会理解我呢？

锦瑟

锦瑟无端五十弦，一弦一柱思华年。
庄生晓梦迷蝴蝶，望帝春心托杜鹃。
沧海月明珠有泪，蓝田日暖玉生烟。
此情可待成追忆，只是当时已惘然。

知识卡片 李商隐留下的千古谜诗

这首诗是李商隐的代表作之一，也是他最难解读的诗之一，历代诗家多有争论。有人说是这是写给名叫“锦瑟”的女子的爱情诗，有人说这是诗人写给妻子的悼亡诗，也有人说这是一首写音乐的诗。现在多数人认为，这是一首假借咏瑟，抒发诗人自身伤感的无题诗。不同的解读并不影响这首诗的艺术成就，反而为它增加了神秘的色彩，使之深受后世人喜爱。

“锦瑟无端五十弦”句中，“五十弦”有多种解读，有说法认为这代指诗人的年纪，也有说法认为古时的瑟有五十根弦，与年龄无关。这首诗运用了四个典故。“庄生晓梦迷蝴蝶”出自《庄子·齐物论》，不知是庄周做梦变成了蝴蝶，还是蝴蝶做梦变成了庄周，这里指浮生如梦；“望帝春心托杜鹃”指传说中古蜀国国王杜宇死后化为杜鹃，每年春耕时节鸣叫不止；“沧海月明珠有泪”出自《博物志》，指传说中南海鲛人流出的眼泪能变成珍珠；“蓝田日暖玉生烟”出自唐代诗人戴叔伦的“诗家之景，如蓝田日暖，良玉生烟”，表示可望而不可即。

无题二首（其一）

昨夜星辰昨夜风，画楼西畔桂堂东。
身无彩凤双飞翼，心有灵犀一点通。
隔座送钩春酒暖，分曹射覆蜡灯红。
嗟余听鼓应官去，走马兰台类转蓬。

知识卡片 无题诗是怎样表达追忆与感怀的？

无题诗是诗歌的一个类别。一种情况是诗人不愿意或者不便写明诗歌主题时，常以“无题”为题，另一种情况是虽然以诗歌开始的两个字作为题目，但其却不能概括全诗内容，比如《锦瑟》。李商隐是无题诗这个类别的代表诗人。关于他的无题诗的主题，历来有两种说法，一种说法认为是爱情，另一种说法认为其中寄托了他对于自身命运、政治失意的感叹。他的无题诗注重描写人物的心理活动，事件和场景穿插于其中，打破了时间和空间的界限。这与现代西方文艺跟随人物意识来刻画人物的意识流创作手法相似，可以说，李商隐在创作手法上是非常超前的。

“心有灵犀一点通”句中，“灵犀”指的是犀角，古人认为犀角中央的白色纹理能感应灵异。这句诗形容的是相恋的人心心相印，现在还经常被我们引用，但已经不仅指爱情，而是比喻双方心意相通，还衍生出了成语“心有灵犀”。“隔座送钩春酒暖，分曹射覆蜡灯红”二句中，送钩、射覆都是古代宴饮时做的游戏，诗人想象意中人正在参加热闹的宴会，而这种热闹也衬托出他的孤独和凄凉，这就引出了结尾诗人对自身的感叹。“嗟余听鼓应官去，走马兰台类转蓬”二句中，“兰台”代指秘书省，是诗人任职的地方。晨鼓已经敲响，无聊的工作又要开始了。这两句诗将爱情的惆怅和自身境遇的感伤结合起来，让人觉得意味深长。

拓展阅读

嫦娥

云母屏风烛影深，长河渐落晓星沉。
嫦娥应悔偷灵药，碧海青天夜夜心。

嫦娥是中国古代神话中的一位女神，传说她的丈夫后羿得到了西王母给的不死药，嫦娥药偷吃了不死药，独自升仙到月宫。在这首诗中，诗人想象嫦娥独自在月宫生活，因为孤寂而后悔独自吞下灵药。有研究者认为，诗人这样写，是在借着写嫦娥抒发自己内心的寂寥。

贾生

宣室求贤访逐臣，
贾生才调更无伦。
可怜夜半虚前席，
不问苍生问鬼神。

贾生是汉代的名士贾谊，他曾经被人陷害而贬官，后来汉文帝召他回长安，和他在祭神的宣室长谈到深夜。但汉文帝与贾谊谈论的并不是民生大计，而是鬼神之事。

夜雨寄北

君问归期未有期，巴山夜雨涨秋池。
何当共剪西窗烛，却话巴山夜雨时。

这是一首表达思念的名诗，有说法认为诗人思念的是妻子，也有说法认为诗人思念的是朋友。“巴山”指的是大巴山。

无题

相见时难别亦难，东风无力百花残。
春蚕到死丝方尽，蜡炬成灰泪始干。
晓镜但愁云鬓改，夜吟应觉月光寒。
蓬山此去无多路，青鸟殷勤为探看。

这也是一首著名的无题诗。“丝”与“思”谐音，古诗中常以此来含蓄地表达思念。诗中运用了许多神话典故，如“蓬山”指蓬莱山，是传说中的海上三座仙山之一；“青鸟”是传说中西王母的神禽，在古诗中常被当作传递消息的信使。

温庭筠：我是花间词的鼻祖

◇◇◇◇◇◇◇◇◇◇◇◇◇◇◇◇◇◇◇◇

温庭筠（约 801—866）

晚唐诗人、词人，原名岐，字飞卿，太原（今山西太原西南）人，曾任方城尉、国子助教，世称温方城、温助教。温庭筠能诗善词，诗名与李商隐齐名，并称“温李”；词名与晚唐五代词人韦庄齐名，并称“温韦”。他写的骈文也很有名，与李商隐、段成式的骈文合称“三十六体”。温庭筠的诗多写个人经历，也有怀古讽今、反映现实的作品。温庭筠的词成就更高，内容多为描写女子相思离别的愁情。他写词注重辞藻与声律美，对词的格律起到了规范作用，对后世影响很大。他是现存词最多的唐代词人，词作收录于《花间集》。

◇◇◇◇◇◇◇◇◇◇◇◇◇◇◇◇◇◇◇◇

诗人故事

形容一个人才思敏捷，你们经常会想到曹植七步成诗的典故。可在我温庭筠看来，这不算什么，我只要站在原地，两手相拱手为叉，叉手八次就能成诗，还因此得了“温八叉”的称号，听上去是不是才华横溢？但是在唐朝，很多时候名声比才华重要得多。

当时科举考试重视权贵的举荐，应考士子都要投赠干谒诗。可我宁愿整天与纨绔饮酒赌博为乐，给歌女写词，也不想逢迎权贵。别人讥讽我行为不检，常写艳词，我毫不客气地讽刺回去，得罪了很多人。权贵们说我这样的人不配当官管理百姓，这直接导致了我一再落第。但我不愿意放弃，决定通过别的方法来证明自己的才华，那就是帮人作弊。这些人要是通过了考试，不就也证明了我的本事吗？被人知道后，再参加考试时考官特地给我单独安排了位置。这也难不倒我，我通过口传答案，偷偷帮了八个考生答卷。这种嚣张的做法自然得罪了考官，我再次名落孙山。

眼看着通过科举做官没希望了，我只能想别的法子。当时的宰相令狐绹赏识我，我经常出入他的府邸。一次，他把我写的《菩萨蛮》组词献给皇帝，声称是自己所作，得到皇上的夸赞后他得意扬扬，警告我不许泄露真相。我有些生气，一时嘴快就把代笔的事说了出去，还嘲讽令狐绹身为宰相却没有学问。令狐绹从此不再举荐我，对别人说我空有才华却没有德行，这评价几乎断绝了我的仕途。为了谋生，我只能辗转各地，维持生计。

到了晚年，我终于时来运转，成为国子助教，主持国子监的考试。我痛恨科举考试的不公正，从前帮人作弊也是因为不满这样的现象，既然我成为考官，就绝不让有才之士受到不公正的待遇。我严格按照文章优劣来评判等级，还将考卷都张贴出来，丝毫不介意这种做法会得罪权贵。这么做的后果可想而知，我一把年纪还被贬官，虽然遗憾，但我并不后悔。我曾写诗赞扬东汉文学家孔融的志向，觉得为了实现理想献出生命也不可惜。只是我无法为大唐做出更多贡献，只能沉浸在风花雪月的诗词中。

商山早行

晨起动征铎，
客行悲故乡。
鸡声茅店月，
人迹板桥霜。
槲叶落山路，
枳花明驿墙。
因思杜陵梦，
凫雁满回塘。

知识卡片 晚唐羁旅诗的代表

这是一首著名的羁旅诗，其详细的写作年代已无法考证，大概在诗人离开长安外任，经过商山时所写。

首句“晨起动征铎”中，“征铎”是行车时悬挂在马颈上的铃铛。“鸡声茅店月，人迹板桥霜”二句没有用一个“早”字，而是用了六个名词，以早晨特有的意象，勾勒出山村黎明时的景色，历来受到诗家推崇。欧阳修在《六一诗话》中评价这两句诗“状难写之景，如在目前，含不尽之意，见于言外”。沈德潜称赞“早行名句，尽此一联”，胡应麟更是将这两句诗看作晚唐诗的代表，盛赞其“形容景物，妙绝千古”。“因思杜陵梦”句中，“杜陵”是长安城南的地名，这里代指长安。全诗表达了浓浓的思乡之情，你们有没有体会到诗人孤寂的心情呢？

·槲（hú）：一种树的名称
·凫（fú）：野鸭

知识卡片

堪比盛唐绝句的晚唐小令

这阕著名的闺怨词属于小令，小令通常指的是长度在五十八字以内的词。《白香词谱笺》写道：“词之难于令曲，如诗之难于绝句……一句一字闲不得。”这说明小令是非常难写的，因为受字数限制，就像诗中的绝句，必须用字精妙。温庭筠的这首《梦江南》就是小令中的佳品。

“斜晖脉脉水悠悠”句中，“脉脉”是凝视的样子，多形容满含深情又无从倾诉，《古诗十九首》中就有“脉脉不得语”之句。

温庭筠是唐代第一个大量填词的文人，推动了晚唐五代词的发展，他的词作大多辞藻华丽，这首词却风格清丽，别具一格。全词虽然只有二十七个字，却将相思之情描绘得淋漓尽致，被后世所称赞。陈廷焯称赞这首词情感诚挚深切，让人回味不绝。清代词论家谭献也在《复堂词话》中赞叹这首词“犹是盛唐绝句”。

忆江南

梳洗罢，独倚望江楼。
过尽千帆皆不是，
斜晖脉脉水悠悠。
肠断白蘋洲！

菩萨蛮

小山重叠金明灭，鬓云欲度香腮雪。
懒起画蛾眉，弄妆梳洗迟。

照花前后镜，花面交相映。
新帖绣罗襦，双双金鹧鸪。

知 识 卡 片 《花间集》的第一首词

古人对诗和词有着不同的审美要求，从《诗经》开始，就有了“诗言志”的倾向，认为诗要表达诗人内心的志向或感情。而词起初是歌词，也叫曲子词，是配合音乐来歌唱的，填词用的曲调名被称为词牌。唐词大多描写爱情，但这与诗人自身的感情没有关系。

温庭筠被誉为“花间鼻祖”，《菩萨蛮》十四首是他的代表作，在词史上的地位举足轻重。《花间集》是五代后蜀赵崇祚编撰的一本文人词集，收录了晚唐五代时期的十八位词人共五百首词作，是文人词成熟的标志。花间词虽然在思想性上并没有太多的突破，但文字精工，风格委婉华丽，对后世词的创作产生了深远影响。这首《菩萨蛮》就是《花间集》收录的第一首词。

“小山重叠金明灭”句中，“小山”有多种说法，一种说法认为指的是屏风图案或山形屏风，另一种说法认为指的是晚唐五代时盛行的小山眉妆，也有说法认为指的是小山形的发髻。

全词以华丽的辞藻描写了女子起床后梳妆的画面，展现给我们一幅美丽的仕女图。现在，这首词还被谱曲成为电视剧《甄嬛传》的插曲，不知道在唐代，《菩萨蛮》的曲调又是怎样的呢？

韦庄：我是花间词派的代表词人

◇◇◇◇◇◇◇◇◇◇◇◇◇◇◇◇◇◇◇◇◇◇◇◇◇◇

韦庄（约 836—910）

唐代至五代前蜀诗人、词人，字端己，长安杜陵（今陕西西安东南）人，韦应物四世孙。韦庄的诗歌大多反映了唐末社会现实，他的长篇叙事诗《秦妇吟》是现存唐诗中最长的一首，与《孔雀东南飞》和《木兰诗》并称为“乐府三绝”。这首诗太过有名，韦庄因此被称为“秦妇吟秀才”。他的词比诗更有名，与“花间鼻祖”温庭筠并称“温韦”。韦庄词的内容多是描写闺情或离愁别恨，但与温庭筠词的艳丽风格不同，他词风清丽，影响了后来的南唐词创作。我们今天还能读到他的诗词集《浣花集》，除此之外，他还收集了唐代各时期诗人的诗作，整理为《又玄集》。

◇◇◇◇◇◇◇◇◇◇◇◇◇◇◇◇◇◇◇◇◇◇◇◇◇◇

诗 人 故 事

唐代有句俗语：“三十老明经，五十少进士。”意思是三十岁才考取明经科年龄有些大，而五十岁的进士却很年轻，可见考进士是多么困难的一件事，我韦庄就是一位老进士。我所有的努力都是为了报效国家，可最终却只能在梦中怀念大唐。

在我生活的年代，科举考试被权贵把控，像我这样的普通士子想中进士非常困难。黄巢的军队攻占长安后，不用说科举了，连活着都变成了一种幸运。历尽艰险后，我逃出长安，找到了失散的家人。为了躲避战乱，我四处漂泊，一路上看到了太多的苦难却无能为力，只能以诗歌记录下这一切。

五十八岁时，我终于进士及第，可大唐早已纷乱四起，连皇帝都外出避难。后来我奉命出使四川调停动乱，虽然任务失败了，但我受到了蜀地的节度使王建的赏识。回京后我不想卷入朝堂的纷争，决定编选一本诗集。当时的诗选从未出现过女诗人的作品，可选诗怎么能用男女作为标准呢？我以清新唯美为标准，在编选的《又玄集》中收录了近三百首唐诗。我还请求皇帝赐予包括李贺、温庭筠在内的十五位诗人进士称号，虽然他们大多已经去世，但这能体现朝廷求贤若渴的姿态。可这些对大局毫无用处，不久宦官发动政变，囚禁了皇帝，拥立新帝。我对朝局彻底绝望了，决定前往四川投奔已经割据一方的王建。我尽力辅佐他，安抚民生。几年后，朱温杀害了皇帝，大唐灭亡了，各地烽烟四起，群雄混战，我和其他将领一起劝王建自立为帝，蜀国就这样建立了，我也被任命为宰相。

我的一生饱经乱离漂泊之苦，虽然在蜀国多少实现了济世报国的志向，却再也找不回曾经的大唐。我晚年在杜甫的旧居修建了草堂，作为住所。都说诗言志，可我再也写不出当年的诗句，只能在词里写下相思与离愁，却写不尽对故国的怀念。

菩萨蛮

人人尽说江南好，游人只合江南老。
春水碧于天，画船听雨眠。

垆边人似月，皓腕凝霜雪。未老莫还乡，
还乡须断肠。

知识卡片　忘不掉的江南，回不去的大唐

《菩萨蛮》五首是韦庄晚年所写的组词，这是其中的第二首。那时唐朝已经灭亡，他成了五代十国中前蜀的官员。“游人只合江南老”句中，“合”是应该的意思。“垆边人似月”句中，“垆”是古代酒店里放酒瓮的土台子。整首词以白描的手法，描写了江南秀丽的风景、悠闲的生活和美丽的女子。表面上看来，这首词表达了诗人与女子离别后对江南生活的思念，其实表达的是对唐朝生活的怀念之情。

晚唐词大多是词人酒宴上的娱乐之作，还出现了“宫中调笑”这样的词牌。虽然韦庄词在内容上与温庭筠词并没有太大的区别，但温词大多与词人自身的感情无关，韦词却借写爱情与离愁来表达自身真挚深沉的感情，在抒情上有所进步。陈廷焯评价这首词“泪溢中肠，无人省得”，说词人在平淡的词句背后，蕴藏着极其悲伤的情感。

冯延巳：我开启了北宋的婉约词风

◇◇◇◇◇◇◇◇◇◇◇◇◇◇◇◇◇◇◇◇◇

冯延巳（903—960）

五代南唐词人，一名延嗣，字正中，广陵（今江苏扬州）人。冯延巳的人品颇受非议，却能言善辩，多才多艺，擅长文章、书法、诗歌，尤以词的成就最高。他是五代时期写词最多的词人，词作内容多描写爱情相思和饮宴游乐，但是他的词注重雅致，以景写情，隐藏着对人生和世事的感伤，具有一定的文人气息，启发了北宋婉约词的创作，晏殊和欧阳修的词作都曾受其影响。王国维在《人间词话》中评价他“开北宋一代风气”。陈廷焯称赞他的词为“五代之冠”。

◇◇◇◇◇◇◇◇◇◇◇◇◇◇◇◇◇◇◇◇◇

诗人故事

我是南唐的宰相，虽然我的国家也叫唐，却并不是曾经拥有无比辉煌历史的大唐，只是五代十国时期偏安于淮河以南的小国。

身为宰相，我只擅长写文作词，喜欢轻歌曼舞，浅唱低吟，并没有多少治国的才能。身处乱世，我妄想捂住耳朵和眼睛，尽情享受着随时可能终结的安逸。可欢宴之后，我内心总是生出些许哀愁与感伤。我骗不了自己呀，可也只能填词抒怀。

南唐周围强敌环伺，国家在征战中屡吃败仗，国运堪忧。而我自己的命运，也跟着国家起起落落，宰相之位几度失而复得。我无力改变些什么，时时陷入愁思，即便想写词歌颂眼前明媚的春光，可提笔写下的却是满纸的凄凉。

当时朝堂上掀起了激烈的党争，包括我在内，几乎所有官员都分成了两派，斗得你死我活。不久，我所在的宋党几乎全被问罪，只有我安然无恙，这是皇帝对我的信任，我非常感动，更坚定了对他的忠诚。虽然现在战事频发，但皇帝依然有心情欣赏歌舞，我觉得这才是真正有自信的雄主，不像先帝曾因打败仗而长时间唉声叹气。可这番评价引来了众人的讥讽，他们都说我人品低下，全靠逢迎拍马才获得这样的地位。

外敌来势汹汹，朝廷接连失地，皇帝被迫去除帝号，改称“国主”。国家风雨飘摇，我只不过是个陪皇帝吟诗作对的文人罢了，对朝政大事根本无能为力。这让我变得更加敏感，在深深的愁绪中，我写了很多词，表面上吟诵美人美景，但我所有的哀叹也都在里面了。

谒金门

风乍起，吹皱一池春水。
闲引鸳鸯香径里，手挼红杏蕊。

斗鸭阑干独倚，碧玉搔头斜坠。
终日望君君不至，举头闻鹊喜。

·挼（ruó）：用手揉搓

知识卡片——闵让皇帝都赞叹的闺怨词

这是一阕著名的闺怨词。汉武帝曾在宫门外竖立西域的大宛马铜像，称为金马门。当时很多文士都曾在那里等待诏命，被称为“金门待诏”，“谒金门”这一词牌的本意是官员等待君王召见。

始句“风乍起，吹皱一池春水”非常有名，一个“皱”字写出了平静的水面被风吹过所起的变化，将静景变成了动景，这两句表面写景，其实是写思妇心中的不平静。“碧玉搔头斜坠”句中，“搔头”指的是发簪。这一句并没有直接描写女子等待的心情，而是通过描写饰品，侧面展现出来，有一种含蓄的美感。

词中“吹皱一池春水”现在的意思已与原意不同，多比喻多管闲事。这种变化还与这阕词背后的故事有关，冯延巳的这首词让皇帝李璟也感到惊艳，调侃他“‘吹皱一池春水’，何干卿事”，冯延巳连忙回答“安得如陛下‘小楼吹彻玉笙寒’之句”，于是君臣皆欢。君臣以诗词调侃一事在当时传为佳话，但后来编撰《南唐书》的陆游却非常不满，他认为当时南唐已经衰败，这对君臣还在用词句开玩笑，实在是太荒唐了。但我们不能否认这阕词的艺术价值，千百年来，它一直被人们所喜爱。

李煜：我是亡国之君，却让词成为士大夫之词

◇◇◇◇◇◇◇◇◇◇◇◇◇◇◇◇◇◇◇◇◇◇◇◇◇

李煜（937—978）

五代时南唐国主，初名从嘉，字重光，号钟隐，徐州彭城（今江苏徐州）人，世称李后主。李煜擅长书画、音乐和诗文，尤以词闻名。以南唐亡国为界限，他的词作内容和风格前后截然不同，前期词作多描写奢华的宫廷生活，后期词作则多追忆往事，抒发对故国的怀念，充满感伤和悲痛，突破了晚唐以来的艳丽词风，扩大了词的境界。王国维在《人间词话》中称词自李煜始“变伶工之词而为士大夫之词”，伶工是古代的乐师或演员。在李煜之前，词是游宴助兴演唱的歌词，而李煜使词变成了文人的抒情之作，对后来宋词的发展产生了重要的影响。后人将李煜和其父李璟的作品整理成《南唐二主词》。

◇◇◇◇◇◇◇◇◇◇◇◇◇◇◇◇◇◇◇◇◇◇◇◇◇

诗人故事

有的皇帝被后人记住是因为文治武功，有的是因为暴虐无道，而我李煜则是一个善于写词的亡国之君。

身为父皇的第六个儿子，我以为自己与皇位无缘，也毫无兴趣。可我的一只眼睛有两个瞳孔，被认为是传说中的帝王之相。为了免遭猜忌，我刻意远离政事，整天不是写字画画，就是吟词谱曲，写了不少关于宫廷生活和爱情的词。

可世事难料，一心想当皇帝的兄长们先后过世，我这个没有帝王梦的人却得到了江山，然而我并不知道怎样拯救风雨飘摇的国家。我继位时，赵匡胤发动兵变，建立宋朝，统一了大半中原。我向他示弱，尽可能地进贡财物，还像父皇一样主动去国号，自称“江南国主”，又派弟弟李从善送上贡品，没想到他却被扣留，成了人质。这让我更加忧心忡忡，于是将主张对外征战的臣子问罪，想用这样的方式向赵匡胤显示我的恭顺，但等来的却是召我去开封的诏书！我知道一旦去了，就回不来了！事已至此，我便起兵反抗。考虑到南唐与宋的国力差距过于悬殊，为了增加胜算，我派使节出使吴越，希望他们能明白唇亡齿寒的道理，一同对抗宋军。可吴越投降了，还反过来发兵攻打南唐。

接连几次兵败，我只能派使节向宋表示臣服，希望能求得一条生路，却得到了“卧榻之侧，岂容他人鼾睡”的回答。最终金陵失守，我作为俘虏被送到开封，得了个“违命侯”的爵位。我表面上享受着王侯的待遇，可实际上却被痛苦淹没，写下的字字句句都是亡国泪。赵光义继位后，我又被封为陇西郡公，却连生活起居都被人监视。日子越苦闷，我就越思念故国。这一年七夕，是我四十一岁的生日，回想起过去的生日，百官庆贺，宴饮歌舞，真是热闹非凡，而现在只我一人，冷冷清清……我借着酒意写了下对故国的思念，南唐永远在我的心中！

玉楼春

晚妆初了明肌雪，春殿嫔娥鱼贯列。
笙箫吹断水云开，重按《霓裳》歌遍彻。

临风谁更飘香屑，醉拍阑干情味切。
归时休放烛花红，待踏马蹄清夜月。

知识卡片

李煜宫廷词的代表

这首描写宫廷宴会歌舞的词是李煜在南唐繁盛时期所作。“晚妆初了明肌雪”句中，“明肌雪”是用白雪来形容肌肤的清亮光洁。“重按《霓裳》歌遍彻”句中，《霓裳》是盛唐著名的《霓裳羽衣曲》，到南唐时已经只剩下残篇。李煜和他的皇后都精通乐理，重新整理了这一名曲。

韩愈曾说“欢愉之辞难工，而穷苦之言易好也”，意思是描写欢乐的场景比倾吐愁苦更难，这首词就是一阕优秀的欢愉之词。更难得的是，很多写游宴享乐的词都带有浮艳色彩，而李煜的宫廷词在内容上虽然并无特殊之处，却突破了浮靡浅薄的风气，显得趣味高雅。王国维曾用“神秀”来评价李煜的词。这首词语言生动，秀美俊逸，是李煜早期词作的代表。

虞美人

春花秋月何时了？往事知多少。小楼昨夜又东风，故国不堪回首月明中。

雕栏玉砌应犹在，只是朱颜改。问君能有几多愁？恰似一江春水向东流。

知识卡片 哀叹亡国之痛的绝命词

这首词是李煜的代表作之一，相传是他在亡国三年后的七夕，也就是他四十一岁生日时所作。据说宋太宗赵光义看到这首词后大怒，下令毒死李煜，这首词也就成了李煜的绝命词。

在李煜之前，词被视为艳科，即描写男女恋情的文体。李煜将自己最深重的亡国之痛写进了词里，比起温庭筠等写的那些与词人感情无关的歌词，这是很大的进步。

全词通篇采用问答的形式，用不变的自然规律和人生的无常做对比，在结构方面有很高的艺术成就，被王国维赞为“有篇有句”，既是结构完整，有点睛之笔的佳句，也在整体上将感情和意境融为一体。结句“恰似一江春水向东流”是用流水来比喻愁绪的名句，俞陛云称其为“真伤心人语”，表达了身为亡国之君的无尽哀愁。《云韶集》评价它“一声恸歌，如闻哀猿，呜咽缠绵，满纸血泪”，可见其悲凉。这首词后来还被改编成了歌曲《几多愁》，并流行一时呢！